JE VOUDRAIS TANT REVENIR

Yves Simon a grandi au sein d'une famille modeste dans l'est de la France. Très jeune, il compose ses premières chansons, voyage et écrit son premier roman, *Les Jours en couleur*, en un mois. Il a obtenu pour *Le Voyageur magnifique* le prix des Libraires en 1988, et pour *La Dérive des sentiments* le prix Médicis en 1991.

Yves Simon

JE VOUDRAIS TANT REVENIR

ROMAN

Éditions du Seuil

TEXTE INTÉGRAL

ISBN 978-2-7578-0717-0
(ISBN 978-2-02-088193-7, 1re publication)

Les joies errent plus encore que les hommes – qui cherchent à retrouver les lieux où ils les éprouvèrent.

Pascal Quignard

I

NEIGE

1

C'est en ville que j'exerce de préférence, à cause des foules, qui n'ont jamais rien à me dire. Ni vu ni connu, je déambule. Je flâne dans les squares, au bord du fleuve, du canal, je rentre dans des bars et commande un *acapulco*. J'aspire la fumée des clients et suis heureux de cette négligence démocratique du partage des risques. Personne pour demander où je vais, d'où je viens, ni réclamer son dû d'attention préférentielle. En fait, c'est le silence de la ville que j'apprécie, tant personne n'a à voir avec personne. Certains matins, je prends le train pour un aller-retour vers la mer et le soir, grisé de large, je m'en reviens vers l'étroit.

Mais je sais aussi m'égayer et charrier de la fantaisie. En d'autres temps j'aurais pu être comique troupier pour thés dansants, tellement j'aime voir les vieillards s'adonner au paso-doble et au tango.

Souvent, dans la rue, j'ai l'impression d'être nu. Pas transparent, nu, avec mon histoire écrite sur mon corps comme un roman indécent qui raconterait des secrets. Pour être franc, j'aime les histoires, pas la mienne. Sur commande, j'écris celles des autres. Mes clients s'abritent parfois derrière des mutismes si inquiétants que, bien avant d'être cliniquement vieux, ils déclarent des cancers en plein âge de raison. Contre trois versements, j'enregistre ce qu'ils ont à me dire, puis je pars me recueillir devant mon clavier. J'enrobe leur mémoire d'effets stylistiques et ils sont heureux de retrouver leur vie consignée sur de belles pages reliées, enjolivée d'anecdotes piquantes et d'une belle métaphysique.

2

De la résidence de l'Espérance, où je vis, je perds souvent mes regards dans les eaux du large canal qui flâne sous mes fenêtres. Là circulent des navires de plaisance, des bateaux-taxis, quelques péniches. À chaque passage d'une embarcation, des vaguelettes brouillent la rigueur du plan d'eau et c'est une fête pour les enfants du quartier, qui ont tous le désir de vivre dans une cité qui s'étirerait sur un bord de mer.

On est là dans une circonscription de la ville qui possède son jardin d'enfants, des allées piétonnières, deux cinémas multisalles, son marché au crack flanqué de dealers arrogants qui rôdent autour d'une rotonde en pierre. À la tombée de la nuit ça grouille d'ombres furtives vers les écluses. Parfois, lorsque mon ascenseur est en panne, je retrouve, dans les escaliers bétonnés, des seringues mortes toutes perlées de sang séché.

De ma fenêtre je reçois les miasmes de la cité, ses fantômes, et je décris pour ma clientèle les décors d'une vie qui me dépasse. Pareils à des chatons endormis, les semi-conducteurs de mon ordinateur ronronnent avec élégance aux mots que je leur transmets, mille cinq cents signes par page, sans compter l'émotion et le surmenage. Pour me rassurer, j'ai un oiseau qui me tient compagnie, « un serin jaune verdâtre venu des îles Canaries », comme le définit le *Petit Larousse*.

Parfois, les nouvelles qui me parviennent du dehors sont si empreintes d'étrangeté que j'aimerais n'écouter que les pépiements plaintifs de mon canari, regarder le canal et ne penser à rien.

3

Un jour, me retrouvant face à l'eau prisonnière d'une des écluses, je fis l'amer constat que je n'étais pas celui que j'avais rêvé devenir, que quantité de visages, de rêves prégnants avaient disparu : mes paysages. Sans que j'y prenne garde, ils s'étaient enfuis et m'avaient quitté. Ainsi, chaque jour on s'abandonne et on s'en va de soi, songeai-je alors. Des morceaux de peau, des provinces de la mémoire se retirent. La mer et les déserts sont remplis de ces paillettes, l'épithélium émotif de nos raisons de vivre. Un rêve de jour effleure un rêve de nuit, et c'est le déchirement. Une ride n'en est pas la cause, ni un écœurement, ni même la surprise d'une fatigue soudaine. Ce sentiment de l'abandon de soi peut surgir en plein désir, alors que l'on s'est mis en route, au crépuscule, pour un rendez-vous. Pourquoi s'insinue alors l'idée que le trajet de retour va s'alourdir d'un virus en plein cœur ? Les rencontres ne sont que des espoirs perdus, elles nous remuent au plus profond puis on en ressort avec un mal inconnu. Alors, pour paraître plus légers, on se déleste de vaines espérances, on se quitte, laissant sur les arêtes de trottoir qui on était, avec ses chagrins et son sens aigu de la justice. Nos mues sont abandonnées dans les couloirs de métro, sur des quais de gare, à des stations de taxis, pantelantes, elles gisent au bord des caniveaux quelques instants puis sont piétinées inconsidérément par les passants. On ne sait jamais en marchant dans une ville le nombre de rêves que l'on foule.

On marche, et c'est déjà une conquête considérable.

4

Chaque jour, on s'abandonne... Cette phrase revenait sans cesse à mon esprit comme une litanie tyrannique. Récemment, je fus le héros involontaire d'un épisode qui, depuis, ne cesse de me perturber. Obsédant, il m'accapare comme une bactérie venue s'emparer de mes pensées. Il y a environ trois semaines, je me trouvais sur l'escalier mécanique ascendant d'un grand magasin. Machinalement, je regardais les gens qui me croisaient. Comme si elle attendait une réponse de ma part, une femme me fixa intensément. Mais quel regard rendre à une inconnue ? Elle s'affole, se décide, nous étions parvenus à la même hauteur. « Vous me reconnaissez... » C'était plus une affirmation qu'une question. Sans lui dire non directement, je fabriquai en toute hâte une moue qui signifiait la même chose. Je la suivis des yeux et la vis continuer sa descente. « Léonie, dit-elle en se retournant. Vous ne pouvez avoir oublié. » Parvenu en haut de l'escalator, j'attendis un instant et l'aperçus qui remontait vers moi. Comment me sortir d'un tel *quiproquo* ? Arrivée à ma hauteur, le visage tourmenté, elle m'entraîna à l'écart.

Elle décrivit longuement le bistrot où nous étions

censés nous être rencontrés, les rues que nous avions empruntées pour aller jusqu'à mon appartement. « Je vous assure, je ne me souviens pas… » Je la dévisageais, cherchant dans ma mémoire une once de souvenir qui pourrait me relier à elle. « Vous aviez un téléviseur noir et blanc, ça m'a frappée, avec seulement trois chaînes. Autre chose, votre appartement donnait sur un vieux cimetière, vous avez parlé du voisinage, de la tranquillité, du silence. Les pierres tombales étaient fichées en terre n'importe comment et vous m'avez dit en riant : *on dirait des dents déchaussées.* »

Je savais à présent qu'elle disait vrai. Ainsi, cette femme était venue chez moi et je ne m'en souvenais pas. Alors que, curieux de ce trou noir, j'allais lui demander ce qui s'était passé, d'elle-même elle continua : « C'était un vendredi et nous sommes restés ensemble tout un week-end. Nous nous sommes réveillés enfouis l'un dans l'autre. Des amants. Vous me disiez que vous m'aimiez. J'ai pleuré en vous quittant. »

Comment avais-je pu dire à quelqu'un que je l'aimais et ne pas me le remémorer ? Devant cette béance, je me sentis faiblir. J'avisai un divan au rayon literie et y conduisis la jeune femme. Une fois assis côte à côte je me rendis compte à quel point je devais la blesser, que c'était la pire chose qui puisse lui arriver d'être ainsi exécutée, il n'y a pas d'autre mot, alors que durant trois jours et trois nuits nos corps s'étaient mêlés. Il fallait se rendre à l'évidence, quelqu'un qui n'était plus moi aujourd'hui avait un jour aimé cette femme. Machinalement et par pure politesse, je demandai à Léonie son numéro de téléphone et promis de l'appeler dès que j'aurais retrouvé mes esprits. Je savais déjà que je ne le ferais pas, que jamais plus je ne me réapproprierais cette séquence perdue.

J'avais encore présentes en moi les fragrances de son parfum lorsque, pareille à une somnambule, je la vis qui s'éloignait.

5

Contrairement à certains visages, j'ai la mémoire des mots. Je mémorise conversations, romans, discours en un tour de main. J'enregistre les confessions de mes clients sans notes ni magnétophone, les dates d'accouchements et d'otites infantiles ne peuvent m'échapper : il me suffit de les avoir entendues pour ne pas les oublier. En conséquence, peu de livres séjournent sur mes étagères. Une fois lus, ils se logent dans un recoin de ma mémoire et je m'en débarrasse en les offrant à des bibliothèques du quartier. Je peux ressortir des fragments de chapitres, les débuts et les fins des romans qui m'ont le plus marqué et dont je me sers pour vivre. Il en va de même pour la poésie, dont je connais quantité de vers anciens et modernes, parfois même dans leur langue d'origine.

C'est une qualité dont je ne me vante que rarement, j'aurais trop peur de vouloir prendre un quelconque ascendant sur l'un de mes interlocuteurs.

6

Depuis peu, le froid a surgi, il est là comme un fauve qui lacère les dermes fragiles. Les branches dénudées de l'hiver sont devenues des mystères, comme les vagues sombres sous les ponts, comme les énigmes tapies au fond des pensées. Au loin, un soleil bas, des mouettes, et l'ombre grise des monuments. Les gens, pressés de se calfeutrer, marchent à longues enjambées. Ils glissent sur la peau des rues, virent et survirent, et s'ils tombent, c'est pour pouvoir se gausser d'un accident sans conséquence en le racontant le soir à l'intérieur d'un café. Mots de bière et de vin qui tournoient aux abords des moleskines, aussitôt perdus d'avoir été si peu entendus. Les mots ne sortent pas de l'empire des brasseries, ils se cognent à leurs vitres embuées, pareils à des papillons effrayés.

Glacée, la ville m'assaille et je n'ai aucune pensée suave pour elle. Toute effusion a disparu avec le froid, dans les eaux du fleuve, perdue à jamais avec le vent gelé. Pourtant, c'est bien ici que j'exerce. Pour l'heure, mes pas me conduisent à un rendez-vous. Dans une gare, sous le grand dôme de la gare de l'Ouest qui mène à l'Océan.

7

Ce matin je me suis rendu dans un hôpital de la périphérie, voir un ami d'enfance qui vient d'avoir une attaque cérébrale. Les phrases qu'il voulait me dire ne parvenant pas à sa bouche comme il l'aurait souhaité, il s'énervait, butait sur les mots, disait souvent m… m… m… merde, alors que son visage était traversé par des vagues de dépit. Je lui demandai de ne pas se fatiguer, lui dis encore que le silence était tout aussi bon pour lui qu'une conversation, mais rien n'y faisait : il voulait absolument me parler de ce corps qu'il ne maîtrisait plus.

Depuis hier, il se trouve à l'étage des soins intensifs. C'est sa fille qui m'a prévenu, elle m'a dit : « Papa s'est retrouvé tout flasque par terre et j'ai appelé Police-Secours. » Là, je le voyais dans son lit blanc cerné de tubes colorés de perfusions, et j'ai songé à un arbre de Noël. À vrai dire, j'étais embarrassé et je cherchais moi aussi des mots sans grande valeur ajoutée afin de ne pas prendre parti. Je ne savais rien de ce qui se tramait dans ses neurones et ne voulais pas paraître me réjouir d'une éventuelle rapide guérison, ni montrer mon abattement.

Nous étions seuls, il m'a demandé, non sans difficulté, de lui gratter le dos. Je fus heureux de pouvoir me rendre utile. Je l'aidai à se décoller de son oreiller et glissai ma main sous une veste moite de pyjama. Il guida mon geste en bredouillant et, lorsque je parvins sous l'omoplate gauche, il se tut pour émettre un soupir d'apaisement. Jamais je n'avais ressenti la douceur de caresser ainsi sa peau. Il y avait pourtant eu, au cours de nos années d'amitié, des effusions, embrassades, mains serrées, mais pas de telles surfaces de peau, comme celle du dos, à lentement effleurer. J'avais le sentiment d'aider à la cicatrisation d'une plaie installée à l'intérieur de son corps. Nous sommes restés ainsi d'infinies minutes, silencieux. Lorsque j'interrompis mon étreinte, il murmura je voudrais… m… merde… mmm… courir. Je lui dis que sans doute, bientôt, il pourrait marcher dans le parc de l'hôpital et alors se mettre à gambader comme bon lui semblerait. Je parlai de la patience, du temps qu'il faut pour que les gestes du quotidien redeviennent quotidiens. Il s'énerva. Je voudrais… m… merde… mourir.

C'est mourir qu'il voulait, mourir et oublier le désastre d'un corps.

8

Chaque matin je me réveille dans le même lit que la veille, que l'avant-veille, et j'en éprouve une indicible volupté. Délesté des allées et venues inconsidérées, du tournis qui consiste à aller au plus vite d'un point à un autre en se demandant à l'arrivée pourquoi il était si important de devoir s'y rendre, je peux dire que je jubile de mon immobilisme.

Un jour, il y a longtemps, j'ai écrit sur mon carnet à élastique : *Je voudrais que tu sois près de moi, mais j'ai peur, quand tu me touches, que ta bouche soit trop près de ma vie et l'encercle de ses souffles.*

À présent, je vis solitaire et n'en ressens ni douleur ni amertume. Mais je ne suis pas seul à être seul, des millions de gens sont comme moi à dormir la nuit sans une chevelure où se perdre, éreintés de bras tendus à ne se refermer sur rien. Comme eux, je plonge au cœur de mes pensées pour y aller puiser des rêves jamais rêvés. Ou déjà oubliés. Vivre seul n'est pas la solitude, c'est vivre autrement, comme parler une langue étrangère sans le recours de la grammaire et de la syntaxe, dire des phrases sans verbes ni adjectifs, une langue bredouillée dans l'urgence qui ne désigne que des objets utilitaires sans pouvoir se prononcer sur l'intensité réelle du désir qu'il y a à les obtenir.

Vivre seul, c'est s'en remettre à l'opacité des choses.

9

Une fois par semaine je recueille dans un coquetier les ongles de mes mains, ceux de mes pieds, que je coupe minutieusement à l'aide de petits ciseaux chromés. J'ai tant le sentiment de perdre qui je suis dans les dédales de la ville, sur les plates-formes encombrées des autobus, que j'ai pris l'absurde habitude de préserver ces rognures afin que le peu que je possède ne se déverse pas inconsidérément dans les entrepôts du monde. Me regardant le matin dans la glace de la salle de bains, il m'est arrivé parfois de mettre un certain temps avant de me reconnaître. Une fraction de seconde, je m'étais oublié. Il y a de l'effroi à se demander ce qu'il est advenu de soi. Car j'ai eu, comme tout le monde, de grands desseins. J'ai voulu être pape, saxophoniste, romancier, et c'est cela l'étrange dans l'épreuve du miroir, ne plus apercevoir les espoirs tenaces qui habitaient nos visages. Ces choses s'observent tous les jours dans la rue et j'ai le chic pour remarquer autour de moi les gens qui me ressemblent : nulle trace d'un rêve ancien pour venir discrètement nimber leurs faces atones d'aujourd'hui.

Pour en revenir à mes ongles, une fois mon coquetier plein, je le déverse sur un papier à face glacée de fromager ou de boucher, j'en fais un paquet que j'agrafe soigneusement et pars marcher le long du canal. Lorsqu'une péniche passe, je jette au loin, dans son sillage, mon tabernacle d'ongles que je vois filer dans les vagues, entraîné par les remous. Je me regarde voguer, et cette fois sans crève-cœur, car j'ai la sensation de conserver le contrôle de l'un de mes abandons. Des yeux, je suis la frêle embarcation jusqu'à la première écluse et, dans une courte prière solitaire, je me dis adieu.

10

C'est la neige qui est un miracle. J'observe ébahi ces messages venus du ciel. Je marche vers la gare et mes pas laissent leurs empreintes brisées sur la chaussée. Mon passage. Comme si un opérateur anonyme me filmait pour garder l'infime trace d'un inconnu qui se déplacerait dans une cité blanche, je me sens devenir un figurant qui profiterait d'un décor d'opéra.

Pour reprendre courage, j'entre dans une brasserie enfumée. Je commande un grog au rhum. Des clients sont assis et discutent à voix basse. Ils parlent à une personne assise en face d'eux, ou seuls, à un micro invisible de portable. Au travers des vitres embuées, je regarde le spectacle du froid en sirotant mon breuvage et j'ai envie de pleurer. Je sais à présent que je ne voudrais pas mourir d'un coup de tête, seulement d'un coup de cœur, pour un amour pas fini, ou alors d'un coup de sang pour une colère. Mourir d'un coup, vite, de rien.

11

En ces jours de décembre, la météo ne parle que de précipitations neigeuses, de zéro degré Celsius, d'un record de froid dans le Jura, du plafond nuageux qui se trouve au plus bas. À cet instant, des bonbonnes de gaz dégivrent les aiguillages du chemin de fer, les autobus chaussent des pneus à double crantage, et les houppelandes, les chapkas sorties des armoires couvrent de drapés et de fourrure artificielle les citadins ébahis.

Dans le café, j'écoute et je regarde. Je note sur mon carnet les bribes de phrases qui me parviennent, hors contexte, comme des haïkus du jour. *Tout à l'heure c'est trop tard, et il sera demain...*

L'avantage avec l'ennui, c'est qu'il n'envahit pas inconsidérément la mémoire, qui ne garde en souvenance que les désastres ou d'extrêmes exaltations. J'ai essayé de me souvenir de mon enfance, où s'affichait une succession temporelle stabilisée : sommeil, éveil, allaitement. Puis vinrent les horaires de l'école, le jour et la nuit, les saisons, et je me suis perdu.

La poignée de secondes que je mets à lacer mes chaussures est finalement une unité de temps qui me convient.

12

Je commande un second grog et songe à la peau étonnamment douce de mon ami. Que de mondes s'entremêlent, éloignés par la distance et qui se télescopent en accidents à l'intérieur de mon cerveau ! Pensées sauvages, images de feu, dialogues échevelés, l'insurrection cérébrale est à son comble, ça sature et crée de grandes béances de ciel et de forêts, des trains à grande vitesse qui traversent la nuit et des traîneaux esquimaux qui filent sur la neige. J'aime ces instants de prolifération sauvage où je sens qu'un seul prétexte suffirait pour que je prenne un stylo à réservoir et écrive autre chose que mes biographies de commande. Je me sens alors tendu comme un arc prêt à décocher sa flèche de mots sur un papier de belle qualité. Connexions des synapses, parfums envoûtants, des lambeaux de romans naissent à notre insu dans les avenues labyrinthiques de nos songes. Sans parler de ce qui déferle la nuit, dans le silence des torpeurs, lorsque les défenses immunitaires contre le chagrin et le dépit se sont effondrées. Tout ruisselle à même le front, dans la nuque et sur les parois de l'estomac, et c'est l'affrontement avec les souvenirs.

Malgré ces éclairs intempestifs, je dois avouer que

mon idéal est une certaine tiédeur : vivre à l'abri d'un mausolée qui servirait de paravent aux passions, sans que jamais elles puissent m'atteindre.

Je mords dans la petite tranche de citron logée au fond de mon verre, j'éprouve du plaisir à transmettre de l'amertume à mes pensées.

13

Je sors du café. La neige continue de tomber. En tourbillons cette fois. Elle cingle mon visage, pareille à de minuscules coups de canif. Je file le long des immeubles et profite des auvents des magasins. Zigzaguant au milieu d'une circulation ralentie, je traverse un carrefour à découvert. Parvenu au sommet des escalators qui conduisent aux quais, je me regarde par inadvertance dans le miroir d'une boutique de parfumeur et aperçois mes cheveux plaqués de neige fondue. Je ne peux décemment pas me présenter avec cette figure d'intempéries à mon rendez-vous. Je me rends aux toilettes du buffet et place ma tête sous le souffle chaud d'un sèche-mains électrique. Du bout des doigts j'ébouriffe mes cheveux, réenclenche à plusieurs reprises la machine, puis vais me regarder dans le miroir au-dessus d'un lavabo. Des hommes entrent et sortent, ils se recoiffent, se lavent les mains. Ou ne se lavent rien. Ils observent leur image en transit. Lieu intime sans intimité, on partage l'implacable odeur d'urine sans mot dire.

J'entends souvent parler de résignation à mon sujet, mais je n'ai abdiqué en rien. J'écris chaque jour sur mon carnet des débuts et tente en quelques mots – phrases que je voudrais lumineuses – de trouver un ton et un style qui renfermeraient à eux seuls l'esprit tout entier d'un roman à venir. Mon eucharistie, en somme : un corps et sa pensée devenus chair de personnages. C'est bien d'une œuvre que je suis en attente, mais, impuissant, j'assiste au déroulement des affaires du monde sans rien y trouver qui attiserait mes harassantes velléités.

Sous le dôme, pour passer le temps, je me mêle à l'indicible émoi des départs et des arrivées. Imprégnée de projets dissemblables, il y a là une foule anonyme que le hasard seul a réunie. Des dizaines de regards sont rivés sur les panneaux d'affichage, cliquetis des lettres et des chiffres. Elle est impalpable, la tension des gens en instance… Certains auscultent leur montre ou déballent un tube de pastilles mentholées. Ils songent à l'haleine, la messagère qui enverra les mots de bienvenue, celle encore qui prononcera les adieux.

Comme un chien en quête d'odeurs, je déambule sans logique ni itinéraire. Je contourne des valises posées à même le sol, des chariots chargés de bagages. Un haut-parleur criaille une injonction au départ. Quant à moi, je n'ai cessé de lorgner le tableau des arrivées.

À l'instant, il vient d'inscrire le lieu de mon rendez-vous sur le quai A.

14

Longtemps j'ai adulé le train. Pas les voyages : le train. Ce sont le vacarme des boggies, le contact des roues et des rails, acier contre acier, l'ambiance rêche des wagons de troisième classe qui ont bercé mon enfance. Les éclisses des traverses et le claquement des aiguillages. Avec mon père emmitouflé dans une canadienne brune, nous traversions le réseau ferré en tous sens. Il m'expliquait le message des sémaphores, me racontait les tuiles et les ardoises des régions de France, me disait de quelle race étaient les chevaux qui s'éloignaient à notre bruit. Puis il s'est enfui pour le Grand Nord américain, mes voyages se sont arrêtés brusquement, et je sus que jamais je ne pourrais me rendre en Amérique par le train. Le retrouver. Être auprès de lui. Il est devenu chasseur sur la banquise, un explorateur du blanc. Chaque année, au moment de Noël, j'ai reçu des cartes postées de Fairbanks, d'Anchorage en Alaska ou encore du district du Mackenzie au Canada. Les envois cessèrent brutalement lorsque j'eus vingt ans, comme si j'étais parvenu à une majorité affective permettant un définitif oubli. J'attendis un an, puis deux, et me résolus à considérer mon père comme disparu, une entité devenue abstraite qui ne cesserait de hanter ma mémoire. Comme je l'avais vu faire au cinéma, je me procurai un large ruban et fis un paquet des cartes postales reçues. Pareilles à des reliques, elles m'ont suivi à chacun de mes déménagements pour me rappeler qu'un jour j'avais eu un père, qu'il avait eu des égards pour moi, et moi des pensées pour lui.

II

LE RENDEZ-VOUS

1

Qui se remémore aujourd'hui Karl Berline ?

C'est cet homme que j'attends sur le quai. Comment échapper aux cataclysmes lorsqu'une mère vous fait naître à Cracovie juste après une première guerre mondiale ? L'esprit revanchard de l'époque, les privations ont eu raison des jeunes années de Karl Berline. Chargé des tourments d'un continent en ébullition, il est devenu écrivain et vit aujourd'hui à l'extrême pointe de l'Europe, en surplomb des marées de l'Atlantique. Comme beaucoup d'émigrés venus de l'Est, à bout de souffle, il s'est arrêté en fin de course, sur les bords d'une falaise déchiquetée. À côté de sa maison, le puissant projecteur d'un phare côtier tourne inlassablement chaque nuit. Pour les marins. Pour les terriens aussi qui le regardent sous les étoiles comme le métronome de leur respiration. Karl Berline a un pouls de sportif, lent, régulier, il vit au rythme de son imperturbable balancier.

« Les écrivains sont des messagers venus nous rappeler que l'humanité est une colonie en sursis. » C'est ce que Karl Berline affectionne d'asséner. Il aime à dire que trop d'images efface les mots. Pourtant, c'est dans un monde grondant de réalité qu'il est tombé. Et elle est parfois assourdissante la réalité, surtout lorsque la nuit survient. Alors, plus rien ne s'oppose à ce que les cris du jour soient retenus dans leur prison, à l'intérieur des corps.

Et c'est le déferlement.

2

Qu'attendre d'un tel rendez-vous ? Qu'une situation inédite fasse vaciller ma vie, ou, au contraire, la rende plus inutile encore d'avoir espéré qu'un bouleversement aurait pu l'embellir… C'est la première fois que Karl Berline me demande de venir à sa rencontre. Les années précédentes, il m'a toujours téléphoné à l'heure où son séjour allait se terminer. À une heure de son départ, je le rencontrais dans un bar, sa valise à la main, et bonjour, au revoir…

Cette fois, il a eu la courtoisie de me prévenir : « J'ai un projet vous concernant, venez m'attendre sur le quai, que nous ne manquions pas une minute d'être ensemble ! »

À l'heure prévue j'aperçois sous la neige la locomotive bleu et argent qui surgit comme un vaisseau fantôme du dernier virage. Lorsque le train s'arrête, les premiers voyageurs sautent sur le quai et font rouler des valises. À l'allure où avance Karl Berline, je devine qu'il me faudra bien quelques minutes encore rester dans la posture du guetteur. Puis, comme à la fin d'une marée, les vagues humaines s'espacent, mon regard porte plus loin, vers le milieu du train. Alors apparaît mon visiteur et je marche vers lui d'un pas tranquille. Pareil au sien. Une façon déjà d'accorder nos vitesses. Sourires. Il s'arrête, retire son chapeau pour me saluer. Karl Berline a des manières.

3

Soudain, d'une voix brisée, il murmure qu'il a besoin d'étendre ses jambes, envie de respirer l'odeur du quai et profiter du tourbillon des départs et des arrivées.

Assis sur un banc entre deux voies, son col de manteau relevé, il semble paisible et heureux de retrouver la ville : son capharnaüm, ses éclats. Soudain, il lève la tête vers le dôme comme s'il y cherchait le ciel ou un vol d'oiseaux perdus. Il dit qu'il faut nous mettre en quête d'une pharmacie, qu'il a pris froid dans le train. Un spray avec embout repliable, c'est ce que propose le vendeur d'une officine que l'on déniche dans l'enceinte de la gare. Escadrille de la pauvreté, des quidams marchent en files désordonnées dans la salle des pas perdus.

À l'intérieur du taxi, mon visiteur s'enfonce dans un siège revêtu d'une housse blanche. Il ressemble à un diplomate, un homme couvert de voyages qui sentirait le kérosène. Hypnotisé par la neige que balaient les essuie-glaces, il évoque les paysages de son enfance, quand les hivers duraient tout un semestre, qu'il patinait à la nuit tombée sur un lac gelé qu'illuminaient des guirlandes électriques. Le ciel et la glace étaient d'un bleu de cobalt. « Je pensais, me dit-il, que c'était la couleur de la nuit de la Nativité. »

Je l'accompagne jusqu'à son hôtel, une tour blanche de vingt étages située au bord du fleuve, à l'entrée du quartier chinois. Il demande sa chambre réservée, la 2001, au sommet.

4

On peut se demander pourquoi un écrivain réputé comme Karl Berline s'intéresse à quelqu'un tel que moi n'écrivant que des biographies de circonstance. L'intérêt qu'il me porte est né d'une tragédie. Nous avions vingt-cinq ans, son fils Julien et moi roulions sur la route escarpée d'une corniche, au bord de la Méditerranée. Le vent, la vitesse, la douceur des effluves de lavande, nous nous grisions de la clarté de l'azur. J'étais assis côté passager, nous écoutions à tue-tête une cassette de rock anglais, lorsqu'il me demanda une cigarette. Je la lui glissai dans la bouche et lui tendis un briquet. J'aurais dû faire l'inverse : d'abord allumer la cigarette et la lui tendre ensuite. Pour ce geste inconséquent, il se focalisa un instant sur la flamme du briquet, or, sur une corniche, une seconde d'inattention peut se révéler fatale. Alors, dans un fracas, la voiture cogna la glissière de sécurité, rebondit et tourna plusieurs fois contre l'acier poli pour s'en aller finir tout au bout du parapet métallique, puis, de là, quitter la route et tomber dans le vide. Je fus éjecté et me retrouvai dans un buisson d'épines. J'entendis l'explosion en contrebas, le ronflement de l'incendie qui provoqua une énorme colonne de fumée. Julien fut retrouvé carbonisé, la peau boursouflée d'ampoules brunâtres.

C'est à l'enterrement de mon ami que je rencontrai pour la première fois Karl Berline. Il venait de perdre son fils unique. Il m'interrogea longuement, me demanda par la suite ce qu'avaient été ses dernières paroles, quelle musique nous écoutions, de quelles filles il était tombé amoureux. Nous partîmes en expédition sur les lieux de nos vacances passées, il voulut connaître nos hôtels, les plages où nous nous étions alanguis. Comme s'il lui fallait rattraper un amour perdu, il fut curieux de tout ce qui se rattachait à ces souvenirs. Le temps passa, et ce fut sur moi que se portèrent ses attentions. Je devins un fils par défaut, rescapé d'une tragédie estivale.

Lorsque le vieil écrivain me rejoint dans le bar de l'hôtel, son visage est transfiguré. Il semble apaisé de son voyage, sa voix est grave et douce.

– Deux choses me réjouissent, dit-il, je viens de voir de ma chambre la ville sous la neige et c'est de toute beauté… D'autre part, je vous ai souvent parlé d'Hanna, cette femme que j'ai aimée et qui était la mère de Julien. De passage en ville, elle va venir prendre un verre avec nous. Elle fut durant des années une complice d'écriture, puis celle avec qui je partageai une partie de ma vie.

Sans me demander mon avis, il me tend un cigare qu'il sort d'un étui de cuir. Il en garde un second pour lui et tranche l'embout à l'aide d'une guillotine en argent. Plutôt habitué aux Mecarillos qui arrachent la gorge, je tousse à volonté. Par pure habitude.

Un groupe d'hommes d'affaires, venu s'asseoir dans

le bar, caquette à nos oreilles. Sans dire mot, nous regardons les volutes bleutées des havanes comme si elles exprimaient nos songes.

5

J'imagine les flocons venir s'échouer en bordure de mon canal, embellir les arceaux des passerelles métalliques du bassin comme les maisons de brique rouge situées en face de la résidence. Il y a fort à penser que, s'il n'y avait eu ce rendez-vous, je serais resté à regarder les tourbillons de neige. À moins que je ne sois retourné à l'hôpital caresser la peau de mon ami…

Mon canari aura-t-il assez de graines jusqu'à ce soir ? S'ennuie-t-il à m'attendre ? Il m'a au moins appris une chose : je sais parfaitement reproduire ses minuscules chants plaintifs, avec un *r* que je fais rouler comme un gargarisme au début de la gorge en formant le son « ou ». J'épate et je surprends les gens lorsqu'il me prend de chanter à la manière de mon oiseau de compagnie. Cela m'arrive au café, dans la rue, je songe à lui et je chante. Karl Berline apprécierait-il ma démonstration, lui qui me croit si réservé ? Je sais pertinemment que c'est l'impression que je donne. Pas un mot plus haut que l'autre, je n'aime pas me mêler des affaires en cours. Ces derniers temps, mademoiselle Clarisse, une voisine de palier, me rend régulièrement visite pour savoir où j'en suis de l'histoire de sa famille. Elle est infirmière. Infirmière et métisse. Je la rassure, je dis faites-moi confiance, je travaille, j'ai même acheté un livre sur l'esclavage et j'en connais un rayon sur la traite… Elle boit un soda que je sers avec un assortiment de fruits lyophilisés, puis elle me quitte, se retournant plusieurs fois. Lorsque la porte se referme, j'ai un pincement au cœur à cause de son sourire qui vient de disparaître.

6

Karl Berline n'apprécie guère que les glaçons altèrent le goût du scotch en restant au fond de son verre. Alors il les exige petits, les porte à sa bouche et boit ainsi, *on the rock*, son breuvage. Survient ensuite un désagréable crissement lorsqu'il les croque avant de les avaler. Par courtoisie déférente, je lui demande ce qu'il écrit en ce moment.

– On croit les vieillards de mon acabit calmés de toutes les passions qui font le charme d'une existence. On les imagine s'occuper de glaïeuls, discourir sur les dernières douceurs à vivre, délestés de la vie et de ses tourments. Pourtant, une chose m'obsède et c'est, figurez-vous, la souffrance. Pas le mal, la souffrance. On ne s'habitue pas à ce fardeau que chacun subit en silence. La souffrance est toujours particulière, il n'y a pas d'élargissement possible. Le plus souvent, elle ne porte pas de nom, anonyme, elle ne cherche pas à se donner une histoire, elle ne fait partie d'aucun projet.

D'une manière discontinue, tout en sirotant son verre, il évoque ses voyages, illumine ses phrases de noms de villes, des escales. J'écoute le timbre de sa voix et je me repais de son accent, de sa façon particulière de prononcer les *r*, et, même, sa manière de faire traîner les *a*:

– Là où je vis règnent les ressacs de l'Océan, le vent qui couche à terre les épineux, les clameurs de pluie sur la lande. Moi qui ai toujours eu du goût pour les lumières cinglantes de la Méditerranée, le crachin et la bruine sont à présent les décors de mon quotidien. Comme on s'accommode de l'aube aussi bien que du crépuscule, j'aime que ma vie se soit enrichie de ces paysages extrêmes. Pendant ces deux jours, c'est de cela, et de bien d'autres choses, que je vais vous parler… Si vous avez l'indulgence de m'écouter, j'ai en tête un projet qui ne manquera pas de vous surprendre et dont j'aimerais vous entretenir.

Karl Berline aspire avec volupté la fumée de son cigare comme s'il tirait d'elle la psalmodie de ses mots.

Dans mon champ de vision apparaît une femme à l'entrée du bar. Grande, vêtue d'un manteau gris à col d'astrakan. Je la devine aussitôt: Hanna. Karl Berline, qui lui tourne le dos, scrute mon regard, il sait. Il sait qu'*elle* vient d'arriver. Il se lève et lui tend les bras. Comme s'ils se trouvaient sur un îlot déserté, ils s'étreignent sans retenue.

7

Hanna retire son manteau et le pose délicatement sur un fauteuil. Yeux gris, son regard est transparent. À peine ai-je entendu le son d'une voix à l'instant des présentations. Je les observe à tour de rôle et me demande ce qui indique sur deux visages réunis les sentiments que chacun éprouve alors. Ils demeurent silencieux, tant il y a à dire qui ne peut s'exprimer en vrac. À l'heure des retrouvailles c'est ce premier silence qui compte, plus que ce qui suivra, puisqu'il autorise chaque imaginaire à considérer l'infini.

– Il faut que vous le sachiez, commence Karl Berline, s'adressant à moi, notre génération fut, bien avant la venue des institutions, tragiquement, amoureusement, follement européenne… Hanna et moi avons habité Rome, Berlin, les îles grecques, Paris, en nous sentant chez nous, en harmonie avec des gens qui ne parlaient pas la même langue que nous. Nous marchions en Europe comme dans le pays de notre enfance. Il était vaste, et nous, avides de ses richesses. Les romans de Kafka, Proust et Musil nous menaient de plain-pied à un mode de pensée commun, à une histoire commune. Seuls les délires de la guerre nous ont pourchassés…

– Meurtris ! précise Hanna, dont c'est le premier mot.

Elle respire longuement.

– Une nuit, poursuit-elle, nous nous sommes allongés dans des fougères, fourbus, à une frontière montagneuse. Il faisait frais et venteux, les étoiles étaient magnifiques. Pourtant nous ne savions plus s'il y avait encore en nous des raisons d'espérer. Nous étions enlacés comme pour un dernier jour, fébriles et attentifs aux éclats de la nuit, les hululements, les branches qui se brisent. Résignée, j'avais posé ma tête sur la poitrine de Karl et ce que j'entendis là m'émut au plus haut point : jamais je n'avais perçu les battements d'un cœur. C'est bruyant, vous savez, un cœur qui bat, ça insiste, régulier, c'est le vacarme de l'intimité. En avez-vous déjà fait l'expérience ? C'est bouleversant d'entendre battre le cœur de la personne que l'on aime. Écouter et se donner une nouvelle raison de vivre. J'ai voulu partager ma découverte et j'ai demandé à Karl d'écouter à son tour le mien. « On ne profite jamais totalement des corps que l'on enserre », m'a-t-il déclaré.

Puis Hanna sourit avec malice en regardant le vieil écrivain.

– J'ai une bonne nouvelle : l'espérance de vie des hommes a encore augmenté. Sans pour autant rattraper celle des femmes… Je ne me lasserai donc jamais de devoir vous attendre, Karl !

Je venais de remarquer leur vouvoiement. Sans affectation, naturellement tendre, il leur allait bien.

8

Durant le dîner, dans le restaurant de l'hôtel, ils parlent de terres ocrées, d'îles cernées d'azur, de pensions aux persiennes closes, de fontaines où furent proférés quelques vœux solennels. Ils insistent, veulent qu'à mon tour je parle de moi. J'évoque avec réticence les feuilletons familiaux qui me font vivre ainsi que le roman avec lequel je persiste à coexister et que je peine à écrire. Mon roman, mon fardeau, n'en parlons plus ! Mademoiselle Clarisse est un sujet autrement plus intéressant. Un être vivant qui a la courtoisie de me sourire… Je leur signale sa présence fantomatique dans ma sphère, sa peau métisse et ses cheveux de jais.

– Je vous l'ai apporté, me répond Karl Berline lorsque je le questionne sur l'ouvrage dont il m'a parlé sur le quai. Ce sera sans doute le dernier, ajoute-t-il aussitôt.

– Qui vous dit qu'il n'y aura plus de mots à écrire ? demande Hanna.

– Je suis un vieil homme qui a publié des dizaines de romans. Quelle musique y a-t-il encore en moi pour faire valser le monde ? Pourtant, je me dis : un livre, un seul livre encore et je serais sauvé !

– Accrochez-vous à cette idée, suggère-t-elle sans ménagement.

Je vois Karl Berline s'engoncer dans son fauteuil. Comme s'il lançait un appel, il lâche en souriant :

– Je donnerais mes vestes en cachemire, mon piano, ma bibliothèque pour revisiter une dernière fois, compulsivement, ma vie…

Puis il ose afficher la mélancolie qui l'assaille :

– Parfois, je me dis que pour la dernière fois je forme les lettres de mitaines, geyser, coq de bruyère, météores, volcan, dulcinée, hortensia, ébonite, gouaille, univers… Et c'est un déchirement !

9

Est-ce son désir d'un ultime roman providentiel dont Karl Berline veut m'entretenir, celui qui rachèterait tous les autres pour les ensevelir sous un définitif éblouissement ? Nous sommes tous les trois au vingtième étage de l'hôtel, dans sa chambre, et assistons au spectacle délicat d'une ville sous la neige. Ciel sombre, peu d'étoiles et les lampadaires qui projettent leur halo sur d'indéfinissables objets urbains. De pâles ampoules éclairent des appartements. Par milliers. La vie est là, foisonnante. Qui dénonce ? Qui s'enflamme ? Une ville au repos qui s'apprête à sombrer.

Les anciens amants font resurgir des bouffées de parfums, souvenances d'années évanouies… Alors que je veux les quitter pour les laisser seuls à leurs évocations, Karl insiste, il veut que j'écoute ces séquences de vies qui ne se raconteront plus.

– Il faut que vous le sachiez, nous étions fous d'amour, ardents, nous chevauchions le monde… La terre, comme une harpe, acclamait nos baisers, nous virevoltions dans les luzernes, visitions les parcs d'attractions, nous regardions ensemble le ciel pour apprendre chaque nom d'étoile, découvrions un essaim de lucioles dans une forêt des Maures, écoutions le ressac des mers d'Orient… La littérature, les mots nous enivraient, je récitais, vous déclamiez, Hanna, je chantais, vous dansiez, chaque port fut un havre où nous dormions saturés de soleil, de mer et de vagues salées… Qui pourrait affirmer que nous n'aimions pas la vie ? Nous la chérissions. Un matin, sur un chemin de galets montant vers une chapelle orthodoxe, nous avons imploré d'antiques divinités grecques pour que jamais ne cesse ce flux qui unit les amants. Nous savions toutes les prières sans jamais prononcer le nom de Dieu…

Il semble apaisé par cette évocation du passé.

– Vous ne pouvez avoir oublié que je vous aimais, Hanna, ajoute-t-il, solennel, pris d'un doute soudain.

– Qui peut être certain de ces choses ?

Je les laisse là, à s'enivrer de mots et d'extases révolues.

10

Qui peut être certain, en effet ?

C'est ce à quoi je songe dans la cabine de l'ascenseur transparent de l'hôtel. Arrivé dans le hall, je lorgne les personnes en transit, des couples. Que d'interrogations, à les observer dans leur intense présent ! Ils vont et viennent, à peine se sont-ils retrouvés qu'ils ont des difficultés à masquer la désillusion qui les assaille. Quel étrange fardeau de se revoir amoureux d'un visage et de soudain discerner l'illusion qui permit un tel ravissement… Qui étais-je alors pour croire à cet embrasement ? Quel parfum, quelle forme d'intelligence, quelle immaturité nous ont fait basculer vers l'*amour*, puisque ce sentiment, tout de nuances et de complexité, ne porte qu'un seul nom pour raconter aussi bien les déchirements que les nuits d'attente, l'allégresse…

À la sortie de l'hôtel, un chien errant se met dans mes pas. Je lui dis va-t'en, pars rejoindre ton maître… Poil roux et blanc, un épagneul bâtardisé au centuple vient d'entrer dans mon sillage comme s'il m'avait élu l'homme de la soirée.

Je marche au milieu d'une rue peu fréquentée et

décide de rentrer à pied jusqu'à la résidence de l'Espérance. Au milieu de la ville assoupie les voitures circulent dans un décor atone. Je me retourne et essaie de repérer la baie vitrée de Karl Berline, tout en haut de l'hôtel. Il n'y a pas de doute possible, c'est l'unique lumière de l'étage. J'imagine, à l'intérieur, les deux longs rubans de vie qui se chuchotent, se confient, qui peut-être s'enflamment. Se sont-ils allongés depuis mon départ et parlent-ils côte à côte, les yeux perdus vers le plafond d'une chambre anonyme ? Sans doute profitent-ils de ce moment rare où deux êtres ayant vécu de semblables événements se parlent en confiance, comme des amis d'enfance qui évoqueraient des glissades de patinoire ou des parties de backgammon. Quelles parts d'Hanna ont illuminé les romans de Karl ? Un grain de peau, ses parfums, des petites manies… Avant qu'elle nous rejoigne, n'a-t-il pas eu cette phrase : « L'imagination, ça se travaille. Moi, je l'ai développée en me faisant peur et en me faisant mal. Même, je me suis contraint à être jaloux de femmes que je n'aimais pas… » ?

Je n'ai rien oublié des mots échangés de toute la soirée et je pourrais les écrire aussitôt parvenu chez moi. Mémoriser, transcrire, ne rien omettre : mon domaine.

Le chien ne m'a pas quitté. Je feins l'indifférence et accélère le pas. Comment effacer un être vivant ? Pour faire diversion, je chante à la manière de mon canari et m'amuse de cette incursion ridicule dans la torpeur noctambule.

Je remonte à présent une avenue cossue où les branches anorexiques des arbres sont surchargées de neige. Immeubles de pierre taillée qui alignent des balcons et de larges baies vitrées. Devant moi, une benne à ordures sur laquelle tournent deux gyrophares effectue son itinéraire de la nuit. Parvenu à une station d'autobus, je décide d'attendre quelques minutes dans l'espoir que l'un d'eux se rende vers mon quartier. Je me baisse à hauteur du chien, lui saisis les oreilles et lui récite « La mort du loup ». Insolent, il se met à bâiller.

En réalité, je suis lâche. Comment feindre de l'ignorer ? L'idée du bus vient de surgir comme un ultime subterfuge pour abandonner l'animal avant d'arriver dans le périmètre de ma résidence. Là où la mauvaise conscience me terrasserait, où je n'aurais plus le cœur de rentrer seul et de me coucher sans lui. Un autobus survient juste après que deux filles fardées comme des prostituées se furent installées sur le banc bleu de bakélite. Jeunes, presque jolies, elles parlent une langue que je ne comprends pas. Je monte dans l'autobus, oblitère mon ticket, la porte se referme et je file m'installer vers le fond.

Par la lunette arrière, j'aperçois le chien resté planté près de l'abribus. Ses yeux me foudroient.

11

Il est presque une heure du matin lorsque je pénètre dans le hall de la résidence. Arrivé devant la porte de l'appartement, je m'aperçois que mon paillasson a disparu. Qui peut voler un paillasson ? Ce n'est pas une grande perte, me dis-je, mais c'est rempli de contrariétés diverses que j'introduis ma clé dans la serrure. Mes bottines d'hiver sont trempées de neige fondue. Je les délace dès l'entrée. Sur la mosaïque, un morceau de papier a été glissé. « Votre paillasson était fatigué, je l'ai jeté. Je vous en offrirai un neuf, Clarisse. » Ainsi, mademoiselle Clarisse se préoccupe de l'état de ma maison ! Jamais personne ne m'a offert de sels de bain, un produit lave-vitre, du thé de Chine. Comment imaginer à ses seuls sourires qu'elle puisse être si attentionnée ? Trop tard pour débarquer à l'improviste chez elle, même muni d'un sachet de tisane pour le sommeil. Je pourrais lui offrir mon fuchsia, mais les fleurs en pot sont une contrainte que je n'aime pas imposer.

Comment la remercier ? Je fais chauffer de l'eau et me prépare une tasse de café. Réfléchir en buvant l'âpre et le brûlant. J'en arrive à la conclusion que le plus élégant, et sans doute le plus discret, serait de lui glisser à mon tour un billet sous sa porte. Que lui dire ? Ne surtout pas évoquer son sourire, elle pourrait s'en servir un jour contre moi en invoquant un harcèlement de voisinage. Rester en terrain neutre, tabler sur une harmonie de palier, plus une allusion à mon travail en cours sur l'histoire de sa famille :

« Mademoiselle Clarisse, Je ne sais comment vous remercier pour la délicate attention. Vous avez deviné juste puisque depuis quelque temps je songeais à changer de paillasson. D'ailleurs – et ce n'est pas pour me trouver une excuse – il ne m'appartient pas tout à fait, j'en ai hérité du précédent locataire. Et, pour être tout à fait franc, il était devenu si miteux que j'éprouvais presque de la gêne à essuyer mes pieds sur lui. Mille mercis une fois encore. C'est grâce à de tels gestes altruistes qu'une certaine bonne entente règne à l'intérieur de notre résidence. »

Afin d'éviter les malentendus de familiarité, j'hésite à signer de mon prénom et opte pour : « Votre voisin. »

« PS : Notre livre avance considérablement. Toutefois, ces deux jours je fais relâche, devant offrir de mon temps à une personne chère en visite dans notre ville. »

Je relis et suis fier de n'avoir rien exprimé d'intense, de ce qui s'est mis à vaciller en moi lorsque j'aperçus mademoiselle Clarisse pour la première fois.

12

Un paillasson n'est la promesse de rien.

Pourtant, avec une étrange stupidité, je me mets à attendre. Quoi ? Un frôlement, une sonnerie qui feraient chavirer les heures ? Je fume cigarillo sur cigarillo, la gorge me brûle. J'aimerais que la neige tombe de nouveau, être submergé au cœur de la pénombre par un émerveillement soudain. J'allume le téléviseur, images attrape-tout, je me laisse embarquer dans un film policier largement commencé. Et si à l'instant je me blessais... mademoiselle Clarisse n'hésiterait pas une seconde à venir me panser ! Peut-être même m'appliquerait-elle des compresses de Dakin en cas d'infection prévisible. En professionnelle de l'urgence aux victimes, à coup sûr, elle est équipée... Que ne suis-je une victime, justement, moyen imparable pour attiser compassion et tout protocole d'assistance ! Je me lève et me laisse tomber comme une masse sur mon tapis. Rien. Il me faut du contondant et de la blessure. Hormis le sang, comment alarmer l'infirmerie ? À la cuisine, je saisis le couteau à pain et tente de me faire une tranche de peau. Ma peau, l'appel halluciné pour mademoiselle Clarisse. Je bute sur les tendons, mes veines se dérobent, elles résistent.

Je constate qu'il faut être plus atteint d'une pulsion de mort que d'une pulsion amoureuse pour parvenir à entamer la chair. Et moi, je n'ai encore jamais sérieusement songé à mourir.

III

LA DÉCLARATION

1

Je me rends une fois encore à l'hôpital, salle des soins intensifs. Je trouve mon ami d'enfance assis dans son lit, regard hébété. Toujours atteint par les mêmes difficultés d'élocution, il me sourit comme s'il était heureux d'être parvenu à me reconnaître. Il n'est plus seul dans la chambre, une femme âgée, le visage tuméfié, est allongée non loin de lui, une fille d'une trentaine d'années assise à son côté. Elle a apporté du mimosa et des biscuits nappés de chocolat. Comme je pressens que la conversation avec mon ami va être lente et pénible, je m'adresse à elle, imaginant que ce sera une distraction pour lui d'écouter sans avoir à parler. Je fais part de mon étonnement de la voir seule au chevet de la vieille dame.

– Mon père vit depuis quelques années avec des petites putes thaïes dans la banlieue de Bangkok, ma mère, avec un gommeux à la retraite sur la Côte d'Azur. Tout va bien pour eux, si c'est ça que vous voulez savoir… Ils ont abdiqué depuis longtemps et c'est moi seule qui m'occupe de la grand-mère. À son âge, elle adore danser. Son club de danse est surtout un lieu de rencontres, une fois par semaine elle se pomponne et va y faire la belle. C'est en descendant de l'autobus qu'elle a glissé. Devant le club. Sa manche de veste est restée coincée dans la porte et le chauffeur a démarré sans rien remarquer.

Je pense à mes biographies d'anonymes et me dis que ce serait un bon sujet d'observation – famille ordinaire éclatée –, si bien sûr la jeune femme acceptait de m'en faire la commande. Je vérifie que j'ai une carte de visite sur moi et m'apprête à la lui tendre. Elle me dévisage, condescendante, croit à un plan de drague :

– Je dois vous dire que votre génération, celle de mes parents, est tout ce que je déteste…

Elle s'interrompt un instant, comme si elle hésitait entre se taire et continuer sur sa lancée. Elle jette un œil vers la vieille, qui l'encourage d'un regard appuyé. Dopée, elle enchaîne :

– Ne m'en veuillez pas d'être aussi franche, mais votre génération de salonnards a baissé les bras sur tout, vous donnez sans cesse des leçons alors que vous vous vautrez dans un anticonformisme écœurant qui, de fait, est devenu votre petit confort de pensée, de baise, de débrouillardise avec les grands principes…

Je range ma carte et me dis, mauvaise pioche, je suis tombé sur une idéaliste début de siècle. « Vous êtes une hystérique anti-baby-boom », lui dis-je, et je prends prétexte de l'extrême abattement de mon ami pour lui demander d'en rester là. Je m'en veux d'avoir engagé moi-même la conversation en lui posant une question que je jugeais anodine. Je sens bien que, dans ce contexte, je ne vais pas pouvoir caresser le dos de mon ami. Une visite pour rien. Je m'approche de lui et susurre :

– Elle a la haine de son père et de sa mère, sais-tu ce qu'elle veut ?

Il prend son temps, répondre, trouver ses mots, il souffle, sa voix porte, il s'énerve :

– Elle regrette d'être m… m… merde d'être née… trop tard.

2

Le ciel est large aux abords du fleuve. L'horizon s'agrandit et les arbres décharnés de l'hiver ressemblent à des réseaux nerveux. La lumière est grise : des lambeaux métalliques. J'aime marcher dans l'entrelacs de la ville, sentir la pesanteur des mètres à parcourir, pas après pas, avancer à ma vitesse vers des destinations où l'on pourrait m'attendre… Neige fondue, la saleté a repris son pouvoir sur l'immaculé. Contrairement à celles de mon canal, les péniches d'ici viennent de pays lointains, elles transportent du charbon, des grumes, du fuel et tracent de profonds sillages dans une eau chargée de boue. Sur leurs flancs sont inscrits au pochoir des noms de villes portuaires, des villes du nord de l'Europe aux brumes épaisses. Les mouettes remontées de la mer volent en petites colonies, elles planent et font des figures dans l'azur avant de plonger d'un trait vers le fleuve. Leurs cris aigrelets donnent l'impression d'une assistance joyeuse, enfantine, une foule indisciplinée qui encouragerait des trapézistes hésitants.

Un mirage ? La tour blanche de l'hôtel de Karl Berline soudain se dresse. Je m'extrais du grand large pour m'enfoncer dans les ruelles du quartier chinois.

Un raccourci. Des odeurs épicées sortent de restaurants flanqués d'idéogrammes calligraphiés sur des tissus flottants.

Je ferme les paupières et m'imagine aux abords d'un Palais d'Été.

3

Un personnel affairé tire des valises et des chariots dans la salle marbrée de l'hôtel. Scène théâtrale, le ballet des hôtes de passage se déploie en tous sens. Sous les larges feuilles d'une plante décorative, assis dans un profond fauteuil, Karl Berline lit un journal. Son chapeau est posé sur une table basse. À côté, un bouquet d'anémones. Je le vois remonter une mèche blanche qu'il garde distraitement entre ses doigts. Il m'aperçoit et sourit, me fait signe d'avancer.

– Hanna n'est plus avec vous ?

– Elle revient ce soir pour dîner avec nous. Vous savez, c'est étrange de se trouver dans un lit avec une femme avec qui il n'y a plus d'enjeu amoureux. Nous avons parlé d'infimes choses restées en latence, comme s'il fallait à l'infini régler d'anciens malentendus, ce que l'on croyait avoir évacué de sa vie pour passer à autre chose et qui se trouve être, de fait, vingt ans plus tard, encore un sujet de discorde.

Il vient de visser son chapeau sur la tête, droit, et se lève. Il a saisi le bouquet d'anémones.

– Où voulez-vous me conduire ?

Pourquoi, à l'instant, pensé-je fugacement à mademoiselle Clarisse ? C'est à moi que j'aimerais qu'une telle question s'adresse. Où voulez-vous me conduire ? dirait-elle, et j'énumérerais îles Éoliennes, cuisses exhaussées, poudres de musc, la tour de Londres, le vent paraclet, carnets de bal à pompons, *love me tender*, un balcon sur le Pacifique…

– Face au fleuve, sur le pont de l'Arsenal, répond-il.

4

Tassé sur la banquette d'un taxi, le vieil homme se tait. Attentif, il regarde les lieux de sa jeunesse, lorsque, jeune émigré, il a pensé que le monde entier serait ici, dans cette ville, la Terre promise de ses pérégrinations. Se taire, c'est se voir ailleurs, ou profondément à l'intérieur. Il pose sa main sur ma cuisse et indique au chauffeur l'itinéraire à suivre. Celui-ci, Africain, tient absolument à nous parler de l'Éthiopie, qui n'est pas son pays, précise-t-il, mais qui pour lui, visiblement, est un fort symbole continental :

– Mengistu, le dictateur sanguinaire, a assassiné de ses propres mains le roi des rois, le négus, sous un oreiller imbibé d'éther. C'est de la sauvagerie à l'état pur, n'est-ce pas ? Hailé Sélassié était un vieil homme, et finir comme une portée de chiots est définitivement vexatoire pour un empereur. C'est ce que je pense…

Arrivés au pont de l'Arsenal, Karl demande que l'on s'arrête en son milieu, à portée d'escaliers qui conduisent, en contrebas, à une presqu'île entourant l'un des piliers. Le chauffeur reste là à nous attendre.

Nous descendons par des marches de pierre humide.

– J'ai une prière à faire, dit Karl, sans autre commentaire.

Une statue, dont j'ignorais jusqu'à ce jour l'existence, se dresse face à l'aval du fleuve, tournée vers l'Océan lointain : un Rimbaud trimardeur qui retient d'une main sa veste de voyage sur l'épaule. Karl Berline se tient au côté du poète, dépose le bouquet d'anémones à ses pieds et incline la tête pour une secrète oraison. Soudain, il retire son chapeau et le serre contre sa poitrine, puis il se relève dans un élan théâtral. Alors qu'un vent glacé s'engouffre dans les pans de son manteau, il se met à déclamer, solennel et emphatique :

– Ô vieilles lunes, ô amères compagnes des nuits de silence, je vous dédie ma fin prochaine, ce jour béni où le monde obscurci s'éclairera d'une définitive beauté, à vous mes frères de mission, exilés et voyageurs absents, poètes de l'au-delà, je lègue le paradis de mes croyances, mes enfances, ma foi inaltérable en la puissance des mots, les squelettes de nos songes…

L'éloge terminé, j'ai envie d'entamer un cantique d'allégresse :

– Quelques ultimes paroles, ô grand phraseur d'éternité !

S'il m'a semblé un tantinet ridicule, sa manière de sacraliser l'événement ne m'a nullement indisposé. Se permettre un détour pour fleurir la statue d'un poète a quelque chose de précieux, au sens de la rareté.

Il remet son chapeau, s'écarte de la statue, puis, pris de frénésie soudaine, tourne autour d'elle, tête en arrière, comme un vieux juif du ghetto, lève la jambe et entonne une mazurka d'allégresse.

Comment imaginer que Karl puisse s'enfiévrer ainsi ?

5

– Vous ai-je déjà raconté, dit-il alors que nous venons de nous engouffrer à l'intérieur de notre taxi, l'histoire de cet homme de Sarajevo qui passe sa vie, depuis que la guerre est finie, à recueillir et soigner des dizaines de pigeons blessés ? Il les appelle ses *petites âmes*. Moi aussi, figurez-vous, j'ai mes petites âmes, un jeune couple avec qui j'ai rendez-vous tout à l'heure. Ils m'écrivent chaque semaine, surtout elle, Rachel, elle questionne, avoue ses angoisses, énumère les premiers chagrins que lui assène la vie.

J'apprécie le mystère dont Karl entoure les déplacements de notre après-midi. Avec ses fleurs à la main, j'ai cru tout à l'heure à une visite de cimetière.

Comme nous parvenons à la périphérie, dans un de ces quartiers de peu d'apparat, au pied d'un immeuble terne, il m'indique que nous venons d'arriver sur le deuxième lieu de son pèlerinage.

– Les fenêtres du troisième étage, celles avec des stores blancs, vous voyez… À chacun de mes séjours, je me dois de revenir ici pour ne pas oublier qui je fus. Nous avons vécu là, Hanna et moi, une dizaine d'années à nous contraindre de reprendre goût à la vie. J'y ai écrit mon premier roman, j'avais vingt-six ans. J'ai découvert dans cet appartement ce qu'était vivre en toute quiétude avec un être humain. La guerre désapprend ces choses-là. Nous n'avions pas les mêmes horaires, Hanna était du matin et moi de la nuit. Au début, comme je ne parvenais pas à écrire quoi que ce soit, je restais des heures à rêvasser, je fumais, buvais comme un soudard. Alors je circulais à pas feutrés sur le parquet grinçant, frôlais les objets, les meubles, afin de ne pas l'éveiller. Lorsque je tombais de fatigue, mais que le sommeil ne m'avait pas encore gagné, j'éteignais les dernières lumières pour ne garder qu'un chandelier d'argent que je posais sur sa table de nuit. Je poussais une chaise vers le lit et, à la flamme des bougies, je la regardais dormir. Je la contemplais, devrais-je dire. Sa bouche écrasée contre l'oreiller la faisait parfois ressembler à une petite fille, d'autres fois, alanguie, tête renversée, à une prostituée. C'est intrigant de regarder dormir la personne que l'on aime et d'assister aux métamorphoses de son visage.

Qu'ajouter, moi qui n'ai jamais vécu plus de trois ou quatre jours avec une femme et ne sais pas ce qu'est se pencher sur un corps apaisé ? Je songeai à mademoiselle Clarisse qui venait de faire une intrusion discrète dans mon existence et je me demandai de quelle manière elle parviendrait à remplacer mon canari pour chanter dans ma vie.

Karl fait un signe au chauffeur afin que reprenne notre parcours urbain.

– Nous fûmes très heureux à cet endroit puisqu'il s'agissait d'une renaissance, continue-t-il. Vous savez, quand je regarde Hanna aujourd'hui, je me dis qu'il n'y a plus beaucoup de lumière dans nos yeux, qu'elle est partie s'étioler aux confins de notre monde, avec nos promesses, avec l'émerveillement qu'il y avait à désirer tout : non pour avoir un peu, mais pour avoir tout.

Arrivés à notre ultime rendez-vous, Karl me demande de ne pas venir à ses côtés dans la brasserie où le couple est déjà là, mais de patienter à une table voisine.

– Rachel et Adam seraient sans doute navrés que je ne vienne pas seul et ils ne me livreraient que de pâles clichés de ce que je veux apprendre d'eux.

Karl enjoint au chauffeur de nous attendre.

– C'est comment votre prénom ?

– Sélassié ! répond-il avec un large sourire.

6

À l'intérieur de la brasserie, de loin, j'observe Karl assis entre les deux jeunes gens. Je le vois s'animer, étreindre leurs épaules tour à tour, donner un baiser à la fille. Il semble rajeuni, tant il agite les mains et trace dans l'espace de gracieuses arabesques. Il rit, boit du vin, je devine sa jubilation.

Après une heure, et sur un signe de sa part, je les rejoins. Présentations. C'est Rachel qui a parlé avec le plus de ferveur, comme si Adam s'était résigné à n'être que son ombre. J'assiste à une fin de conversation. Tous trois se lèvent et s'enlacent. Karl demande ce qu'il peut leur souhaiter.

– L'amour fou ! dit Rachel, qui ajoute : Surtout, ne pas devenir des âmes grises, des figurants.

Lorsque nous pénétrons dans le taxi, Karl a cette phrase :

– Elle est jolie, n'est-ce pas ? Vous savez, en vieillissant, on est de plus en plus capable d'être ému par le miracle d'un visage. Qui vaut un bon livre ou une belle pensée…

J'ose, pour la première fois, lui déclarer mon admiration :

– Je ne vous ai jamais avoué que je vénérais vos livres.

– Moi, je ne vous ai jamais dit que je vous aimais… C'est toujours sur l'essentiel que les mots nous effraient.

– Ce soir, vous avez peur ?

– Vieillir, c'est apprendre à offrir. Pas à mourir. Alors je n'ai pas peur.

7

Notre chauffeur semble à cran.

– C'est de nous avoir attendus qui vous met dans cet état, Sélassié ?

La voiture s'élance dans les rues boueuses au-dessus desquelles quelques flocons reprennent une voltige gracieuse. Sélassié ne répond rien, il est bougon, c'est manifeste. Ou alors il réfléchit. Arrivé sans doute à une conclusion satisfaisante, il se lance :

– J'ai cru comprendre que vous étiez écrivain, monsieur Berline. Vous êtes-vous penché sur l'*a priori* et l'*a posteriori* ?

– Que voulez-vous dire ?

– *A priori*, quand je suis dans mon lit, je pense que je suis un homme. Tout simplement un homme. *A posteriori*, dans la rue, dans mon taxi, les gens pensent surtout que je suis noir. Qu'est-ce qui s'est passé entre les deux ? Une partie de mon humanité a disparu…

– Vous êtes un homme noir, Sélassié, où est le problème ?

– Vous, dans votre lit, *a priori* vous êtes un homme. Tout comme moi. Dehors, dans la rue ou dans un taxi, *a posteriori* vous êtes toujours un homme. C'est ça la différence. *A posteriori*, moi je suis condamné à faire des boulots de merde. Vous voyez ?

Je cherche où est la faille du raisonnement de Sélassié. Je lui dis :

– Le problème est que vous vivez dans un monde où l'homme blanc est dominant.

– Dominateur, vous voulez dire !

Je regarde Karl Berline et pense que nous n'allons pas nous en sortir. Sélassié se montre manifestement retors. Il nous laisse patauger dans un embarras pesant, puis il ajoute avec un joli sourire :

– Je plaisante. J'aime bien donner des remords. La mauvaise conscience, quoi ! Vous savez, ce n'est pas le froid notre ennemi, c'est seulement l'indifférence… Y a des Africains dans vos romans, monsieur Berline ?

– Non. J'ai eu beaucoup à faire avec les Européens.

– Moi, si j'écrivais, je parlerais du silence. Du silence entre les gens. (Il éclate de rire.) Ça vous en bouche un coin que je vous parle de votre job !

Arrivé à l'hôtel, Karl règle la note globale de l'après-midi.

– Sélassié, vous avez une famille ?

– Une femme et deux enfants, des garçons espiègles et souriants. Jamais ils ne sauront que leur père est resté une journée entière à se cacher dans le purin des latrines, au milieu d'excréments, à respirer avec une paille de Coca-Cola. C'était à Butare, ma ville universitaire.

– Butare ?

– Au sud du Rwanda. Certaines vies sont parfois à un prix que les gens tranquilles n'imaginent pas.

8

Installés dans le bar de l'hôtel, nous attendons Hanna.

– Rachel m'a envoyé un premier roman, dit Karl. Que dire d'utile à une jeune fille qui ne sait pas encore de quoi se nourriront ses ivresses ? Elle est en attente. De passions qui feront tanguer sa vie… Je ne lui ai donné qu'un conseil : écrire chaque jour vingt-cinq lignes, comme le préconisait Stendhal. C'est valable aussi pour vous… Vous avez toujours en tête ce roman dont vous m'avez parlé ?

– J'écris, sur un carnet, des débuts, des choses entendues et vues, comme si je me préparais, le temps venu, à ne pas me trouver pris au dépourvu…

– Vous portez ce carnet sur vous ?

– Dans la poche arrière de mon pantalon.

– Lisez-m'en quelques phrases, que j'entende votre style et que je sache ce qui retient votre attention…

Je sors l'objet en question, élargis l'élastique qui le tient fermé et feuillette. Je lis à haute voix et me penche vers Karl :

– *J'essaie d'exister avec seulement les yeux qui regardent. Être heureux de cela et ne pas désirer un sexe, une autoroute qui transporte les rêves. Tourner en rond et enclencher un magnétophone pour enregistrer le bruit du vent...*

– Encore !

Je tourne quelques pages, hésite, je peine à me relire. Je me décide enfin sur un petit texte écrit la veille :

– *Il faut apprendre à s'immobiliser. Le corps n'y est pour rien. C'est la fuite en tout genre qu'il faut stopper, celle des regards et des désirs, n'attendre rien et pourtant attraper chaque effluve qui passe, avec des gestes et des humilités tendres, tarauder ce morceau de vie qui nous entoure, y retrouver l'histoire du premier homme se redressant, avec l'impression vague de continuer son geste...*

– J'aimais vos silences, j'aime encore plus apprendre qu'ils se remplissent de ces mots.

9

Cernés de convives venus consommer là des piña coladas, des gin-fizz, des cocktails bardés de tranches d'ananas et de cerises confites, nous nous trouvons immergés dans la bande-son cosmopolite d'un bar d'hôtel. Alors que je croise le regard d'une Africaine, mes pensées s'égarent vers mademoiselle Clarisse qui vient sans doute de rentrer à la résidence. Est-elle venue frapper à ma porte ? A-t-elle glissé un mot pour me remercier du mien ? À notre dernière rencontre, ses cheveux d'un noir laqué et tirés en chignon luisaient d'un éclat métallique.

– Je vous ai apporté mon dernier livre, je vous l'ai déjà dit. Lisez-le après mon départ. Manque le titre. Je ne vais tout de même pas l'intituler *La Souffrance*, ce serait à décourager mes plus vaillants lecteurs… Je souhaiterais que ce soit vous qui le trouviez.

Alors que Karl croque ses premiers glaçons, deux femmes japonaises vêtues de kimonos de cérémonie font une entrée remarquée.

– Je dois vous apparaître d'un insupportable sérieux, dit-il, soudain inquiet.

– Je ne suis pas d'un tempérament particulièrement facétieux, et vous observer vivre, vous voir vous ouvrir à moi, sans fard, m'est infiniment précieux.

– Sachez tout de même que j'ai aimé rire des bombages de peinture sur les manteaux en vison d'arrogantes bourgeoises, comme de cette pauvre George Sand que Baudelaire traita de latrines, d'Erik Satie disant qu'il ne souhaitait jouer que sur un piano à grosse queue. J'ai ri de moi quand des admirateurs me félicitèrent avec ferveur pour des livres dont je n'étais pas l'auteur. Une fois encore quand un critique proclama : « Monsieur Berline est sans doute plus apte à demeurer concessionnaire de voitures qu'écrivain... » Vous semblez préoccupé, remarque Karl. Votre front se plisse et votre peau a pris le teint blême des cafardeux.

– Je pensais à demain, sur le quai, lorsque nous nous quitterons...

– Je vous l'ai dit tout à l'heure, je vous aime. Comme un fils, ajoute-t-il. Nous vivons éloignés, mais il y a cette parenthèse d'exception que nous nous offrons et, croyez-moi, elle m'est aussi chère qu'à vous. Je vous ai parlé d'un projet, et la nuit ne fait que commencer...

Karl fait rouler un cubain entre ses doigts, m'apprend que les bagues des cigares furent inventées pour que ne fussent pas jaunis les gants blancs des colons qui fumaient lors de réceptions guindées.

– Pourquoi ne viendriez-vous pas dans ma maison sur la lande, au-dessus des falaises ? Vous y écouteriez la voix de l'Océan. Comparée à cette immensité, même votre ville vous paraîtra étriquée.

10

– J'ai rêvé de vous deux. Vous étiez enlacés comme des amants… Puis l'un de vous tua l'autre.

C'est ce que raconte Hanna lorsqu'elle est assise.

– Qui était l'assassin ? demande Karl en riant.

– Comment savoir ? Vous ne faisiez qu'un.

Hanna s'est maquillée, rouge à lèvres vif, fond de teint pâle, elle porte un tailleur sombre. Il s'agit d'une soirée d'adieu et elle irradie. Karl n'attendait que son arrivée pour appeler d'un geste le garçon et commander du champagne. « J'ai un événement à fêter ! » Les coupes remplies, il lève son verre :

– J'ai reçu ce matin un message de mon éditeur m'annonçant que je venais d'obtenir le prix Menjik de la Ville de Prague.

– Pour quel livre ? s'enquiert Hanna.

– L'ensemble… Entre nous, je m'en moque éperdument, mais il ne faut négliger aucun prétexte à réjouissance. Trinquons, mes amours…

– *Pour écrire un seul vers*, dit alors Hanna, *il faut avoir vu beaucoup de villes, d'hommes et de choses, il faut connaître les animaux, sentir comment volent les oiseaux et savoir quel mouvement font les fleurs en s'ouvrant le matin...* C'est une phrase de Rilke que j'ai soulignée au café ce midi en relisant *Les Cahiers de Malte Laurids Brigge*, je l'ai apprise par cœur pour vous en faire l'offrande ce soir même.

Comme si elle voulait que je sois le réceptacle privilégié de ce qui va suivre, de son regard limpide Hanna me fixe et s'adresse à moi :

– Aimer un écrivain, c'est, plus que tout, aimer qu'il écrive… Simple, n'est-ce pas ? Je disais alors à Karl d'écrire quand bon lui semblait, la nuit comme il aimait à le faire, et que je me moquais de ne pas m'endormir dans ses bras comme je le désirais pourtant avec ardeur chaque soir, parce que je savais qu'il cherchait dans le flux des mots leur ordonnancement le plus cristallin, qu'il lui fallait sans tarder fixer sur le papier des aurores d'idées menaçant de s'évanouir s'il reportait l'instant de les retenir prisonnières dans sa mémoire. Je l'avais vite deviné : écrire, c'est s'absenter des autres pour agencer, dans la plus haute des solitudes, un nouvel ordre des choses. (Elle se tourne alors vers Karl.) Souvenez-vous, je vous l'ai dit tant de fois : Écrivez ! Écrivez ! Moi je me charge de ce monde qui est le mien, puisque j'ai choisi de vivre avec vous et d'y être bien.

11

Le portier de l'hôtel fait un signe dans la nuit, un taxi démarre et se porte au-devant de nous. À nouveau, la neige s'empare de la ville. Tout voltige et tourbillonne dans un ciel de saphir. Les luminaires en fonte des ponts s'ornent de petites nappes blanches alors que des nuages poudreux sont saisis par les projecteurs des bateaux du fleuve.

– Nous avons vécu notre enfance au milieu de traîneaux et de chevaux ! dit Karl. Comme chez Gogol, les grelots tintinnabulaient dans la campagne, aux carrefours des villes, les sabots et les roues cerclées de fer faisaient un doux vacarme... Du cheval à l'ordinateur, voilà l'itinéraire de nos deux vies.

C'est dans le restaurant même où ils se sont quittés, Hanna et lui, que Karl a voulu nous inviter ce soir. Lorsque nous approchons de l'endroit, je la sens tendue.

– Nous sommes retournés ensemble sur les décors de nos persécutions, ces camps du malheur, vous pleuriez et je vous serrais dans mes bras. Souvenez-vous, Hanna, il pleuvait, une bruine glacée, et un nuage de corbeaux avait plané au-dessus de nos têtes.

Ce soir, la neige est somptueuse et les lugubres oiseaux ont disparu…

– Il doit bien y avoir un millier de restaurants dans cette ville, pourquoi celui-là ?

– Pour que nulle part au monde ne puisse demeurer un lieu tabou où il nous serait interdit de pénétrer ensemble. De plus, ne m'en veuillez pas, c'est justement ici que j'aimerais vous dire une dernière fois que je vous aime, Hanna.

– Une dernière…

– Il faut toujours parler aux gens qu'on aime comme si c'était la dernière fois qu'on les rencontre… Cela permet d'oser dire ce que certaines convenances interdisent.

– Vous avez décidé de me bousculer ?

– Non, de vous bercer…

– Pas d'illusions, nous n'en avons plus le temps.

12

De gigantesques miroirs aux murs, des carreaux verts de faïence, des garçons habillés de noir portant des tabliers blancs. Une table nous est réservée. Ornée d'une serviette blanche croisée sur son col, une bouteille nous attend dans un seau argenté.

– Puligny-montrachet ! lance fièrement Karl lorsque nous nous asseyons.

Malgré sa prévenance à mon endroit, et comme la veille, je me sens de trop à ce dîner. Je dis brutalement que ma place n'est pas ici, avec eux, qu'ils ont des choses de toute première importance à se confier.

Karl se fâche. Ou alors fait semblant :

– Comment pouvez-vous imaginer une telle chose ? Je vous ai parlé d'un projet, et ce que j'ai à dire ce soir à Hanna vous est également destiné.

Puis, en un éclair, il est tout sourires, attarde un instant son regard sur le décor, les garçons.

– Peut-être que mon livre sur la souffrance ne sera pas le dernier, continue-t-il, comploteur. (Il réfléchit.) Je devrais rédiger un catalogue du *Monde selon Karl*.

– Vous en revenez immanquablement à vous ! commente Hanna.

– Il reste tant de choses que je n'ai pas dites, s'enthousiasme-t-il. Raconter le rire cristallin des femmes, les blessures jamais refermées de nos jalousies, parler de la campagne toscane, sur les routes du chianti entre Arezzo et Sienne, le chemin des Philosophes qui longe le Pavillon d'Argent à Kyoto, les mosquées aux cous de cygnes d'Istanbul, celle de Süleymaniye dessinée par le grand Sinan, les châteaux de la Loire, Chenonceaux et la chambre de deuil de Marie de Lorraine, jamais consolée de la perte d'un amour…

– Est-il trop tard ?

Une mélancolie semble envahir le visage de Karl.

– Les écrivains ne sont jamais complètement heureux d'un dernier livre. Durant leur jeunesse – et c'est long, la jeunesse d'un écrivain –, ils savent qu'ils pourront différer à demain, et encore à après-demain, l'instant de remettre quelques pendules à l'heure. Comme en balistique, à chaque roman ils rectifient le tir de leur vérité, de leur art, de la justesse d'un propos. La cible n'est personne, mais le temps.

Il fait un geste pour signifier que nous sommes prêts, un maître d'hôtel s'approche. Sur les conseils de Karl, nous commandons des soles sèches, sans beurre.

Il s'inquiète alors du bien-être d'Hanna :

– Longtemps, ici, nous avons dîné vous et moi, en nous prenant la main, émus et surpris d'être ensemble, et si bien… Sauf cette dernière fois, bien évidemment. Nous sommes là pour réparer cette anomalie de notre histoire, ce dîner qui n'aurait jamais dû avoir lieu. Ce soir, nous faisons œuvre d'alchimiste pour que celui-là se trouve magiquement remplacé par celui-ci. Et l'alchimiste se doit d'être magnanime envers les êtres et les choses.

– Vous vous souvenez, Karl, de cette phrase de Proust que nous avions écrite à la craie sur le tableau noir de votre bureau ? *Il n'y a que deux classes d'êtres, les magnanimes et les autres...*

– ... *et je suis arrivé à un âge où il faut prendre parti, décider une fois pour toutes qui on veut aimer, et qui on veut dédaigner...*

– ... *se tenir à ceux qu'on aime et, pour réparer le temps qu'on a gâché avec les autres...*

– ... *ne plus les quitter jusqu'à sa mort.* C'est vous, Hanna, qui l'aviez dénichée dans la *Recherche* et je vous avais admirée d'avoir pu extirper de cette galaxie de mots un tel joyau. Nous l'avons ensuite remplacée par une phrase de Fitzgerald, puis par tant d'autres... Nous les apprenions par cœur, comme si elles étaient nos trousses de survie à l'usage du monde...

– À l'intérieur des mille pièges d'une vie amoureuse, nous faisions l'effort de nous dédoubler pour tenter de comprendre chaque mot à la manière de l'autre, dit Hanna s'adressant à moi. Se dédoubler, c'est s'offrir la faculté de se déprendre de soi-même. Il y avait ces listes que nous écrivions sur ce même tableau, les mots, disions-nous, dont il fallait *ajuster* le sens afin que ni Karl ni moi n'ayons à nous retrouver perdus dans des abîmes d'incompréhension. Nous avons *ajusté* amour, passion, mais aussi désir, jalousie...

– Regret, ajoute Karl à la liste d'Hanna, ce lest sournois qui nous plombe l'existence.

– C'est cela, dit Hanna, nous nous étions promis de tout entreprendre pour rendre nos vies légères. Pas insouciantes : légères, débarrassées des fardeaux du remords, de la nostalgie, de la repentance...

– L'écriture, c'est sans cesse ajuster des mots pour rendre nos pensées transparentes…

Un garçon apporte nos plats. Je suis assis à côté de Karl. Sur la banquette Hanna nous fait face, elle s'adresse à moi :

– Ne vous laissez pas impressionner. Il ne peut imaginer que quiconque puisse vivre normalement sans être écrivain. Moi, je n'écris pas, et vous voyez, il m'a aimée.

– En effet, je n'ai trouvé de charme, en ce monde, qu'aux êtres qui écrivent des livres, ou à ceux qui sont dignes d'en inspirer. Vous, Hanna, parce que vos yeux furent un paravent à la violence qui nous entourait. Votre peau, votre parfum, les mots qui vous habitaient… Vous étiez vivante et j'avais peur de vivre.

13

Je les regarde respirer et rire, éperdus.

Ils mangent, essuient leur bouche d'un geste rapide de serviette, perdent parfois leur regard ailleurs, une respiration. Karl avance la main vers celle d'Hanna, comme du temps où ce geste était leur langage ordinaire. Que disent ces peaux qui s'effleurent ? Parlent-elles de volupté ou simplement de messages perdus ? Dans ce brouhaha de brasserie, ils sont les deux voix sur lesquelles mes oreilles et mon cœur se focalisent. Il n'y a qu'eux dans cette foule, qu'eux pour m'enchanter de vivre ce soir.

– Ce serait quoi *Le Monde selon Karl* ? demandé-je, intrigué.

– Un dernier livre sur l'ardeur et non sur la souffrance : dire comme il me fut infiniment délicieux de vivre malgré tant de raisons qui nous suppliaient de mourir. Je viens d'en trouver la première phrase :

Incertain de tout, inquiet et exigeant, jamais je n'aurais laissé le soin à quiconque de vivre à ma place la vie qui m'attendait.

Son titre ? *Le Paon de Wannsee*. Énigmatique, n'est-ce pas ! Écoutez, Hanna et moi nous nous sommes rencontrés à Berlin sur Unter den Linden, je la suivais depuis la porte de Brandebourg, où elle était descendue d'un autobus. Elle portait un long blouson de cuir noir et, sur la tête, une chapka en fourrure. C'était l'hiver, j'étais étudiant. Elle rêvait à un homme disparu, suicidé dans le lac de Wannsee…

– Pourquoi les écrivains éprouvent-ils une telle jubilation à mentir ?

– De grâce, Hanna, accordez-moi le plaisir de divaguer… Je recommence. En réalité, nous nous sommes rencontrés à Riga, en Lettonie, à une garden-party d'ambassade où était réuni tout le gratin de la ville, journalistes, gouvernants et corps consulaire. Il y avait là un orchestre à cordes qui archetait à tout-va du Strauss et de sirupeuses opérettes viennoises. Un buffet fortuné accompagnait le tout : petits canapés au caviar, saumon de la Baltique, champagne de France… C'était au printemps 39, peu après l'invasion par Hitler de la Tchécoslovaquie. Hanna portait un corsage d'organdi, un collier de perles de Chine, des souliers hauts et des bas aux coutures légèrement tournées. Elle s'est approchée de moi, m'a demandé de lui montrer la paume de ma main. Je devinai aussitôt qu'elle faisait semblant de s'y connaître en avenir. Pourtant, elle déclara avec solennité : « Fuyons ce pays, la fureur est en marche, je ne veux pas vous perdre. » Et nous voilà devant vous ce soir, intellectuellement d'origine, mais flanqués de rides et de somptueux rhumatismes ! Avouez tout de même que la fiction est plaisante ! On remodèle à l'infini sa propre histoire pour en faire une aventure humaine qui s'en ira émouvoir des inconnus. C'est bien à Riga en 1939 qu'Hanna, au cours de cette fête, s'avança vers moi pour me prendre la main et m'annoncer l'apocalypse. L'oracle sourdait d'une bouche simple, celle d'une jeune fille des ambassades qui croisait ma route d'exilé.

Je regarde Hanna, elle sourit, baisse les paupières.

Ils ne s'observent pas, ils se dégustent.

– Je vais vous décrypter pourquoi le mot *paon* est venu à son esprit, dit-elle. *Le Paon de Wannsee*... À la fin de la guerre, lorsque nous sommes arrivés à Paris, nous n'avions pas de logement et, le temps que nous en trouvions un, nous avons été expédiés à Versailles. À l'hôtel. Dans une arrière-cour garnie d'arbres fruitiers, de poiriers en espalier, de pommiers du Canada, régnait un paon. Magnifique, avec ses plumes ocellées, le vert sombre et l'or qui luisaient au soleil. Certains disent qu'il représente l'« œil du diable », à cause des taches rondes de son plumage, pour d'autres, il est l'oiseau de la *renaissance*. Pour nous aussi il le fut : nous avions un oiseau royal à regarder et on se sentait libres. Karl a toujours dit qu'il lui faudrait trouver un titre de roman dans lequel il pourrait inclure notre paon de la délivrance.

Karl interpelle alors un serveur et commande une seconde bouteille de puligny. Brusquement il se lève et me regarde, il dit toilettes, insiste : ne me laissez pas seul, accompagnez-moi !

14

Nous descendons l'escalier qui conduit au sous-sol carrelé. Zone hommes, nous sommes côte à côte. Délestage de vessie.

– Regardez à droite, au-dessus de *Jacob Delafon*, il y a là un cœur gravé. Que lisez-vous à l'intérieur ?

C'est minuscule, une éraflure dans la céramique blanche comblée de crapouille :

– Je lis *KMH8*.

– Sibyllin, non ? Que traduisez-vous ? Une formule chimique ? Dites, évoquez, laissez faire votre intuition…

– Je dirais : K pour Karl, H pour Hanna : Karl aime Hanna. Non ? Pour le 8, je ne vois pas…

– Vous vous rendez compte ! Un SMS vieux de vingt ans : *Karl aime Hanna pour toujours*. Le 8 mathématique renversé, le signe de l'infini ! De rage, de désespoir, je suis descendu graver ce puéril message avec ma lime à ongles lorsqu'elle a annoncé qu'elle voulait me quitter. On n'est jamais préparé à ces choses, alors j'ai eu une réaction d'enfant. Ou d'homme des cavernes. Face à une tragédie qui m'asphyxiait, j'ai voulu conserver la trace de mon désenchantement. Vous trouvez cela ridicule ?

Je remonte ma fermeture Éclair et me retire de l'habitacle restreint.

– Attendez-moi. J'urine à la vitesse de mon âge, dit Karl. Tout se rétrécit dans l'organisme, vous savez, les uretères, les artères, le désir. Ne dites rien à Hanna de mon hiéroglyphe ridicule. À moins qu'elle ne se transsexualise un jour, elle n'en saura jamais rien.

Il a un hoquet de rire. J'aime entendre ses convulsions spontanées. Ainsi, Karl le magnifique s'est comporté, un jour, comme un gamin dont le jouet viendrait de se briser ! Puis une gravité que je ne lui ai jamais connue accapare son visage.

– Je vous ai fait descendre pour tout autre chose, continue-t-il. Je n'ai pas osé vous en parler avant lorsque nous étions seuls, et surtout pas après, devant Hanna. Ce fameux cancer, qui guette chacun d'entre nous dès sa naissance, est venu prendre pension chez moi, figurez-vous. Banal, n'est-ce pas, mais qu'y faire ?… J'essaie de vous le dire le plus simplement du monde. Qu'imaginez-vous ? Les poumons à cause du cigare, la prostate qui serait bien de mon âge ? Non, l'animal s'est installé là où séjournent les rêves. C'est un des buts de mon voyage – pas le seul –, vous annoncer que nous ne nous reverrons plus.

Je le regarde, ahuri. Inexpressif. Je m'aventure à prononcer une banalité de mots.

– Ne dites rien. À mon âge on aime rire de sa propre mort pour la conjurer. Aujourd'hui, c'est elle qui se joue de moi. Qu'aurais-je de drôle à lui répondre ?

15

Abasourdi par la nouvelle, je me sens impuissant à faire parvenir à Karl un quelconque signe de réconfort. Revenus dans la salle de restaurant, nous surprenons Hanna, le regard vague, perdu par-delà les convives.

– Regardez ce port de tête, dit Karl. Droit, sans concession !

Nous nous asseyons à nouveau face à elle. Karl attend un instant, trinque une énième fois, aspire profondément :

– Je vous aime, Hanna. Je vous l'avais promis, il est là cet aveu. *Jamais nous n'aurions dû laisser le temps nous réduire à ce qui est.* Non, fichtre non, la poésie dit parfois faux : le temps n'a rien réduit, tout est là, impeccablement présent, aucune prescription des sentiments, je vous aime comme avant et comme après, imperturbable de constance je pense à vous, vous accepte là où vous êtes, dites-la-moi votre vie, osez vos élans, nous vivons tant d'hivers éloignés, frontières des corps, gestes inhumains, nous devrions nous réconcilier, mais le froid règne, contez-les-moi vos nuits, le café du matin, la plus acharnée des solitudes… Rien ne peut faire que meure l'ardeur d'assouvir, d'aimer encore, vous, ma compagne d'alors, amante de tant de nuits, nous vivions grisés, ludions qui bramaient, insolents… Hanna de la Bremengasse, Hanna des îles Lipari, Hanna du Stromboli, eucalyptus et volcans, cendre aux lèvres, nos effluves nacrés… Dans notre Europe chérie nous voguions… Vistule, Danube, Oder et Neisse, fleuves impassibles, que devenir ? Sous des cieux de cristal, nous marchions somnambules dans les villes aux implacables néons, vous fûtes ma muse pour un monde désintégré, Hanna du paradis, qu'écoutiez-vous ? Le glas, la miséricordieuse fin des amants ? Assez, nous n'irons plus ensemble sous les frêles tilleuls, il y a longtemps que je t'aime, comment vous oublier ? Ayez foi en moi, avant que je ne disparaisse…

16

– Je vous aime, mais je vous ai surtout aimée, chère Hanna, enchaîne Karl sans attendre. Souvenez-vous de ces maisons louées dans les Maures au cœur des forêts de châtaigniers et de chênes-lièges, ou encore au bord de la mer Égée, nos Cyclades ces merveilles, et les pêcheurs au visage cuivré qui nous vendaient le poisson pour une pièce et un sourire… Nous déambulions alors dans les campagnes méditerranéennes, en chemise blanche, débraillés, ivres d'amour et de soleil. Comme Ulysse, nous voguions d'île en île, d'hôtel en hôtel, de ville en ville. Notre *Odyssée* fut le monde, notre planète bienheureuse, là où nous avons adoré itinérer en avion, en bateau, en autobus, en auto-stop à nos débuts, sur les routes brisées des Balkans. Nous sommes arrivés épuisés à Rome sous les escaliers de la piazza d'Espagna, à une représentation de *Lulu* au Burgtheater de Vienne, plus tard à Istanbul dans cette chambre mauve des années cinquante avec vue sur le Bosphore, à Lisbonne dans une petite pension d'Alfama où des grappes de glycine entouraient nos fenêtres… Et cette prière au pied de la statue de la Liberté, quand nous avons récité à genoux, chacun dans notre langue maternelle, *Elle est retrouvée.*

Quoi ? – L'éternité... Que d'élans de moi vers vous et de vous vers moi pour apprendre plus des forêts que nous traversions, plus encore des autoroutes que nous empruntions, plus du désert de la Mort et de ses cristaux de sel qui nous firent penser à des nappes d'argent, plus des nuits de samba dans une banlieue perdue de Rio où des enfants accompagnaient l'orchestre en frappant sur des boîtes de Pilsen cabossées... Tous ces éclairs de vous me sont vivants, parce que justement nous apprenions tout de la vie, insatiables, nous buvions aux sources des torrents, aux vins de Chianti et du Bordelais. Sur les plages désertes, le monde se refermait sur nous, vous disiez : « J'ai le vertige de la Terre, l'ivresse des étoiles, elle sera belle cette vie que vous m'offrez sans compter », puisque que, à ces millions d'instants, rien ne valait plus que de vous plaire.

17

Un taxi nous fait traverser la ville, longer le fleuve une fois encore, pour raccompagner Hanna à son hôtel.

Elle fut pâle aux mots de Karl qui légendait leur amour. Son demi-sourire me fit imaginer qu'elle pouvait concocter quelques phrases moqueuses du genre : parle, parle, comme tu as toujours su le faire pour m'amadouer et me ramener à toi lorsque je m'enfuyais. Parle, cher amour, je t'écoute une fois encore étaler nos flamboiements, nos errances dionysiaques quand nos corps se soudaient, que nous voletions de cité en cité pareils à des papillons insatiables. Hanna m'apparaît illuminée par la ferveur encore présente dont Karl vient de la gratifier, dernier tour de piste avant une célébration des adieux ? L'amour ne cesse d'étreindre ceux qui s'en sont parés sans compter, songé-je.

Que n'ai-je été leur fils lorsque ces deux-là s'adoraient !

Il y a comme un flottement de courte durée lorsque Karl fait le tour de la voiture pour ouvrir la portière d'Hanna. Son chapeau à la main, il ressemble à un communiant timide. Sous la neige, il prend le corps de cette femme dans ses bras : là est le baiser. Je les vois basculer dans la nuit comme des danseurs, ils tanguent sous les étoiles, qui distinguerait quelques larmes ? Leurs visages sont tournés vers le ciel, une offrande, le don d'un soir.

Hanna s'éloigne, se retourne et envoie un baiser enfermé dans un souffle. Elle disparaît derrière la porte tournante de son hôtel.

– Pourquoi la laissez-vous vous quitter une fois encore ? demandé-je à Karl, stupéfait, lorsqu'il remonte dans le taxi.

– Ainsi doivent aller les choses, et, en cette nuit particulière, il me faut être au plus près de vous.

Nous redémarrons puis, après avoir indiqué mon adresse au chauffeur, je songe au *Monde selon Karl*, à cette soirée d'aveux, aux mots qu'il a voulu sertir pour les offrir à une femme, comme s'il eût voulu me les destiner, à moi aussi.

– Que diriez-vous de *Mes années-lumière* ? Un beau titre pour un ultime roman, lui dis-je.

– C'est de cela à présent que je veux vous entretenir. Et je tenais à ce que vous entendiez vous aussi les mots de ma passion pour cette femme, la vie de deux corps qui n'ont cessé de jouir à traverser les battements du monde… Y a-t-il chez vous des alcools ? Des cubains ?

Je n'avais rien de tout cela et n'osai même pas parler de mes infects cigarillos. Je compris que Karl n'allait pas me quitter et qu'il voulait passer un long moment avec moi. Il était à peine minuit, peut-être désirait-il tout simplement ne pas être seul et parler à l'infini de cette beauté qui l'avait happé, un jour à Riga…

Le taxi nous dépose au bord du canal, face au quai piétonnier. Karl sort et déploie sa longue silhouette sur un de mes décors familiers. Pareil à un albatros transi, il fait face à la nuit et au ciel.

– J'aimerais qu'on se tutoie, maintenant, sans perdre de temps. Le « vous » me fatigue et c'est bon pour les British : compassés quoi qu'ils fassent, l'amour ou la chasse à courre. Hanna, c'est pour une raison antique qui n'a d'intérêt que pour elle et que pour moi. Que dirais-tu, pour inaugurer notre tutoiement, d'une balade sur les bords de ton canal ? Il me faut vérifier certaines choses. As-tu une bonne mémoire ?

– Excellente ! Je bute parfois sur certains visages, mais je travaille toujours sans magnétophone. J'interroge mes clients, ceux des biographies, ils me parlent de leurs oncles, tantes et neveux, je retiens tout, dates de naissance et de mort, les mariages, les adultères, même les dates de varicelle et de coloscopie…

– Écoute et enregistre sur ton magnétophone neuronal ! Ce que je vais te dire ce soir est ma phase terminale. Jamais plus je n'aurai le temps d'y revenir. Je vais te livrer tout en vrac, et nous n'avons qu'une seule nuit devant nous, car tu ne m'as toujours pas dit si tu me suivrais au bord de l'Océan. Viendras-tu demain sur le quai me dire adieu ?

Nous marchons côte à côte au bord du canal. Sur la façade d'un des anciens silos à grain, un néon rouge indique *Ipanema*, une boîte de nuit latino. Les fenêtres de mademoiselle Clarisse sont allumées et, à travers un rideau de tulle, j'aperçois son ombre qui traverse une des pièces. Bien sûr que je serai là, cher Karl, dis-je en pensée. Même, je tiendrai ta main si tu n'as plus le courage de vivre, alors que tu auras déversé tes derniers mots et que tu voudras sans doute te glisser dans un dédaigneux silence.

IV

MES ANNÉES-LUMIÈRE

1

– C’est donc ici que tu vis ?

– Là, dans ce bâtiment, à l’étage où tu peux voir une fenêtre éclairée. La résidence de l’Espérance !

– *Esperanza*, comme l’île de Robinson.

– Une île pour moi aussi.

Nos silhouettes longent la berge, l’eau est sombre, des péniches sont à quai et somnolent. Sur l’autre rive, un cinéma multisalles est encore allumé.

– L’acte gratuit, tu te souviens ? À cet instant, tu pourrais me bousculer, pince-mi, pince-moi sont dans un bateau, Berline tombe à l’eau… Un vieillard qui coule dans un canal, qui penserait à un joli petit crime ? Et sous la neige, mes seigneurs ! On en est à un début, et ce serait déjà la fin. Que de temps gagné ! Souvent les histoires d’amour commencent ainsi, à l’envers.

– Tu fais le malin parce que tu sais que je n’ai qu’une envie, t’écouter.

– On y est enfin, écoute-moi !

2

– Ce serait ça un dernier roman, dit Karl. Prendre sur le reste de sa vie pour raconter ce qui ne fut jamais exprimé, les éclats, les secrets, l'enthousiasme, celui-là même qui fit aduler cette existence qui plus que tout blessa, mais fut capable de générer un attachement indéfectible à ce corps qui demandait grâce. Cette nuit est ma dernière chance, je vis, j'exulte, je suis vivant, et ce que j'ai à te dire est si vaste… Tout se bouscule au portillon. Te faire l'éloge des plaisirs et de l'ardeur, de mes villes traversées. Te dire surtout ma passion d'écrire. Tu l'as remarqué, les écrivains n'aiment rien tant que parler des tourments de la page blanche et je les soupçonne de vouloir, par leurs plaintes répétées, que le public les absolve d'un travail où ils ne trouvent que jubilation. Pour moi, il n'y a jamais rien eu de plus excitant qu'une page vierge lorsque je songeais aux extravagances que j'allais y projeter… Que de la jouissance, te dis-je ! Regarder la mer et écrire. Écouter l'Océan et écrire. Attendre une femme et écrire… Mais il faut que je t'entretienne de la guerre, car tu ne connais rien en la matière. Tu ne l'as apprise qu'à la télévision ou dans les livres, pour toi ce furent des statistiques, des dates, nombre de morts, lieux de batailles… Mais rien de la stridence des sirènes, de la trouille au ventre, des bombardements et des maisons qui croulent, des corps qui explosent, comme les crânes, comme les os, comme les pensées. La guerre, c'est la chair qui n'en peut plus.

– Tu allais me parler des plaisirs et de l'ardeur…

– Tu as raison, je devrais commencer par dire : *j'ai aimé*. J'ai aimé le monde, le toucher, le parcourir, le visiter. Un appétit insatiable de paysages ! Les landes, les dunes, les buildings de l'avenue des Amériques… Plus que tout, ce sont les départs que j'ai aimés. Un cliquetis de serrure et savoir, sur un palier, que le vaste monde est là, prêt à nous aspirer. Fermer une porte d'appartement et se retrouver sur un quai, un tarmac d'aérogare, et sentir l'odeur du grand large. Tu la connais cette odeur de benzène et de charbon ? Même les caténaires qui grésillent t'apportent le parfum des voyages. M'éloigner de là où j'étais, traverser des garrigues, des vignobles, puis à la tombée de la nuit découvrir la mer et ses guirlandes de lampadaires qui cernent une côte pour se refléter dans l'eau. Sache-le, j'ai aimé les femmes, me griser de leur peau, de leur maladresse aux terrasses lorsqu'elles se sentent observées, de leurs pleurs d'enfant lorsqu'elles se croient assaillies. Jouir, comment te dire ?… l'assouvissement du repu ne m'a jamais fait triompher, mais l'insaisissable désir qui fait traverser une ville en pleine nuit pour retrouver une midinette de banlieue qui ne sait même pas qui est Goethe ou Wagner, mais qui a appris de nulle part l'art des caresses, m'a toujours bouleversé.

– L'insaisissable désir, c'est cela l'énigme enivrante ?

– Se retrouver face à l'alliance de la volupté et de l'innocence… Il faut les deux, et tout embrasser, sinon une part de nous reste inaccomplie.

– Avec ton chapeau et ton manteau, tu sais à quoi tu ressembles ?

– Dis-moi.

– À un fakir.

– Du monde occidental alors ! Car en Inde ils sont nus et totalement démunis. L'art des caresses, disais-je, ce don inné qu'ont certaines femmes à donner de leur corps, de leurs gestes, de leurs parfums pour te mettre à terre, esclave d'une nuit, et annuler le monde…

– Tu viens de le dire, l'amour ne se résume pas à la seule jouissance des corps…

– Tu ne me laisses pas terminer. Bien sûr qu'il y a mille raisons de s'extasier ! Devant la rosée d'un matin, une odeur d'épices, la coriandre, le cumin, mais encore d'un ciel étoilé du Midi avec les comètes de la mi-août. Trajectoire stellaire, un éclat, faites un vœu ! On se délecte de ce qui donne du plaisir aux sens… L'ouïe, le son, une voix qui tremble… La parole, voilà le début de la vie dans la cité. L'éloquence grecque commençait la bouche pleine de cailloux devant le ressac de la mer pour apprendre à s'exposer devant la houle de la foule. Toute séduction passe par la voix, et la musique chante avant le sens. Mais ce qui sera écrit un jour de cette soirée sera d'une tout autre étoffe que les paroles qui auront été prononcées entre toi et moi.

– L'écriture ne raconte-t-elle pas ce que l'on a ardemment vécu ?

– Le chemin qui mène du cerveau à la main qui écrit n'est pas identique à celui qui mène du cerveau à la bouche qui parle. Connexions diffractées, en écriture la musique devient style. C'est ce qu'il y a de plus impérieux et de plus émouvant chez un écrivain : la mélodie de ses mots, sa signature personnelle, ce qui fait qu'on le distingue au cœur de la foule et qu'on a un désir fou de l'accompagner.

– Ainsi, tu es capable d'admiration pour ce qui n'est pas toi ! lui dis-je, moqueur.

– Je me suis aimé, je l'avoue sans honte aucune. Le premier laboratoire des écrivains est leur personne, c'est d'elle qu'ils se nourrissent parce que là est le monde inaugural qu'ils apprennent à disséquer. Quelle aberration y aurait-il à cela ? Écrire, c'est accomplir une noce entre les mots et la chair : ajourner sa mort. Ce fut chaque fois un rendez-vous avec les miroirs de la beauté, comme avec ceux du désespoir. Qui on admire a peu d'intérêt. C'est l'admiration qui compte pour elle-même, cette subite surprise de l'âme qui pousse à sortir de soi vers un être qui illumine. Il y a là quelque chose de fortifiant qui grandit l'intelligence et magnifie ceux qui s'en montrent capables.

3

Arrivés à une écluse, nous avions traversé le canal pour repartir sur l'autre rive, en sens inverse. Quelques bouffées de musique brésilienne nous étaient parvenues en passant dans les parages de l'*Ipanema* et, tout en parlant, Karl avait esquissé quelques pas d'une danse chaotique semblable à celle de l'après-midi au pont de l'Arsenal.

– La mer Égée, les Néréides, les Océanides, dit-il, tout ce personnel mythique des marées et de l'azur m'a amené parfois à avoir envie de mourir devant un simple jaillissement de lumière pour aussitôt me laisser engloutir par la noirceur des abîmes.

– Tu as souvent voulu mourir ?

– Cette nuit je n'ai à te parler que de la vie !

De rares promeneurs.

Certains tiennent en laisse un chien, d'autres se pressent vers le dancing brésilien. D'autres encore ont seulement rendez-vous avec la nuit. Ils ne voient pas les étoiles, enfermés dans des pensées imprécises, ils filent, sans attention aucune pour les ombres qui les croisent.

4

– *Death's billboard painters making gigantic caricatures of life*… Tu peux traduire ?

– Les affichistes de la mort fabriquent les caricatures gigantesques de la vie.

– Exactement ! dit Karl. C'est d'un de mes poètes américains préférés. Dis-moi, qui crois-tu que sont ces affichistes de la mort ?

– Les fous d'Allah, les salafistes…

– Pauvre de toi ! Les artistes, mon cher, ces doucereux parasites… Les artistes sont les plus fabuleux inventeurs de cadavres non répertoriés. La déliquescence, le malheur sont leur quotidien. Certains se vautrent dans les affres et la dissolution et en récoltent, tu le sais, égards et considération.

– Ton livre sur la souffrance est malvenu. Tu participes, toi aussi, de l'égarement général en nous refilant tes guerres et tes camps.

– Mes guerres, comme tu dis, je les ai subies, les camps je les ai habités. Je ne falsifie pas, ni n'amplifie, je relate.

– Je t'ai blessé ?

– Dans la mélancolie démocratique, il est de bon ton de parler de malheur là où il n'y a que jalousie amoureuse, là où il n'y a que dépit et ressentiment. Mes souffrances sont des ecchymoses de l'Histoire. Indélébiles. Mais j'ai surtout envie de te parler d'Hanna. De mon amour pour elle.

– Excuse-moi, mais, à ce jour, j'ignore ce que signifie le mot même.

– Alors morfonds-toi ! C'est un miracle. Une femme chérie, un amour sont une grâce dont peu de gens se trouvent gratifiés. On aime souvent un mirage, plus rarement une personne, et c'est alors d'une extrême exubérance… Un tourment aussi, car l'anxiété est l'étoffe dont se trame ce sentiment volatile. Lorsque j'étais avec elle, chaque jour je priais…

– Toi le mécréant… Mais qui ?

– Dans les églises, les chapelles qui se trouvaient sur mon passage, je demandais à Dieu – à qui je ne parle jamais – de m'accorder le temps d'épuiser es secrètes beautés de cette femme. L'amour est le lieu unique d'où s'observe le monde en sa diversité, comme l'Aleph de Borges…

– Qui se trouve en dessous de la dix-neuvième marche de l'escalier descendant à la cave de Beatriz à Buenos Aires…

– Bravo ! J'aime que nous partagions les mêmes lectures ! L'amour, disais-je, est cet *œil magique* d'où l'on observe les alezans, la baie de Tokyo, une côte sauvage brisée de roches et d'écume, les abeilles au ventre d'or, le geste suspendu du calligraphe… L'amour est une subtile fenêtre qui s'ouvre sur un univers resté opaque jusque-là. Par l'enchantement d'une seule personne, ce qui te posait problème et n'obtenait aucune solution se trouve enserré dans tes bras. Aimer, c'est étreindre des réponses à des questions qui ne furent pas posées.

– *Nous aurons des lits pleins d'odeurs légères/Des divans profonds comme des tombeaux.*

J'avais songé à Baudelaire, une intuition, comme une espérance, un linceul. Sur sa lancée, Karl enchaîne :

– Cette femme adulée te révélera encore où se trouve la *montagne des oublis*, là où résident les enfants jamais nés, les crimes impunis, les serments avortés... Il y a en elle des brassées de printemps où les frondaisons abondent...

– Tu n'en fais pas un peu trop ?

– Mille excuses ! Dans mon enthousiasme j'ai oublié de te préciser que l'amour était surtout affaire d'imagination. Que de tourments pour cet humble morceau de peau qu'est un visage ! Il faut se rendre à l'évidence : l'amour est un habile pourvoyeur de mots puisqu'il désigne le plus grand archipel imaginaire que les hommes aient été amenés à construire. Alors, pour ce genre d'exercice, les artistes sont champions toutes catégories. Ils achètent yeux fermés à la tombola des amours, ils boursicotent, flambent et mordent la poussière ! Dieu merci, restent quelques traces de ces somptueux égarements : des livres, des sculptures, des poèmes qui se fichent en nous comme des totems : *J'ai pensé à l'univers, à mon pays, j'ai pensé à toi.*

– À part de sublimes exceptions, ce sont majoritairement les hommes que les femmes semblent inspirer, rarement le contraire...

– Se trouvent-elles allégées des mêmes chagrins que nous ? Nos corps, mis à part nos sexes tendus vers elles, ne les émeuvent-ils pas ?... Quelles pudeurs nous séparent pour qu'elles parviennent à se taire quand tout nous est insupportable ?

Nous marchons comme des somnambules enclins aux seuls mots, la neige s'égrenant sur les épaulettes de nos manteaux.

– Tout est paisible autour de nous, dit Karl, aucune guerre déclarée, aucun ultimatum ne menace la République qui nous regarde déambuler dans une nuit universelle. Nous vivons à cet instant dans une bulle de paix, rare, au milieu de la dévastation contemporaine. Ce que je veux te dire, c'est que rien ne se fait jamais en dehors d'une poche locale de salut.

Arrivés à hauteur du cinéma multisalles, alors que nous allions nous attarder devant les photos affichées des films, les portes s'ouvrent soudainement. Après avoir navigué sous quelques tropiques ou à l'intérieur d'intrigues policières, une foule enivrée de couleurs et de sons retrouve la nuit monochrome.

Jouxtant les salles, une cafétéria avenante est encore ouverte. Sas providentiel, certains s'y précipitent. Nous succombons nous aussi et entrons.

Karl retire son chapeau, sa crinière blanche prend alors toute la lumière de l'endroit.

5

Tant je l'ai connu par le passé hautain et réservé à mon égard, jamais je n'aurais imaginé que Karl fût aussi disert. Faut-il, jusqu'à son dernier souffle, donner à voir et à entendre, afin que d'ultimes équivoques s'évaporent, qu'une certaine transparence de l'être accorde, à ceux qui restent, le sentiment d'avoir croisé un inconnu qu'ils se mettraient, sidérés, à aimer ?

Mon étonnement est que je prends un infini plaisir à écouter ses mots, son accent, sa voix évoquer Hanna, ses amours, moi qui ai si peu vécu :

– Face à toi, je ne peux qu'évoquer mes humbles biographies et d'inattentives amoureuses qui toutes me laissèrent de glace…

– Alors, ne perds pas de temps ! Abîme-toi dans la passion et dans le travail… À l'heure du bilan, l'examen de soi ne se résume qu'à deux choses : l'action et l'amour ! D'un côté, on se demande : ai-je été un bon écrivain, un bon ébéniste, un bon politicien, que sais-je encore ?… D'autre part : ai-je aimé et ai-je été aimé ? Point final.

– La mort des êtres chers, nos échecs…

– Et la varicelle, et la blennorragie, et le cancer! Karl rit. Je voulais parler du seul regard en arrière qui vaille: le dernier. Comme si chacun de nous était le détenteur d'un insensé secret, chaque homme a le désir fou de révéler, par des actes, qui il est. Quant à l'amant, il s'offre en don total à la dulcinée dont il vient de recevoir l'amour, afin que tous deux se perdent l'un en l'autre. Crois-moi, lorsque la grande prêtrise de l'extrême-onction viendra avec ses aubes noires et ses surplis, il n'y aura que deux sujets qui t'importeront: quelles actions t'auront guidé et ce que l'amour t'aura offert.

– Quel est ce projet que tu évoques depuis ton arrivée?

– *Aggelos* en grec veut dire ange, mais aussi messager. Écoute la Bible: *Voici que j'envoie un ange devant toi pour te garder dans le chemin et te faire arriver au lieu que je t'ai préparé.*

– Où dois-je me rendre? Que me prépares-tu?

– Je suis ton ange-messager et tu ne le sais pas.

– Quels mystères tu fais…

– J'ai l'unique désir que résonne entre toi et moi une mélodie harmonieuse, celle des derniers mots d'un vieil écrivain offerts au jeune homme qui a la patience de les écouter. Alors que mille pénombres vont envahir mon corps, comme un sursaut d'orgueil, j'ai besoin de te livrer le trop-plein de ce qui ne fut pas écrit.

Des vitres embuées nous séparent de l'extérieur, les arômes de café se mêlent aux parfums de vin chaud, de cannelle, on parle cinéma tout autour: visages d'actrices, scénarios de films, cachets d'acteurs. Je cherche quel cinéaste a parlé de la « morale du travelling »… Je demande :

– Tu es fatigué ?

– Pas une seconde. La nuit ne fait que commencer !

6

Bercé par l'intrigante mélopée des conversations qui nous cernent, j'ai à l'instant l'envie impérieuse que Karl me bouscule et m'entraîne là où je ne sais rien, qu'il flamboie, divulgue ce dont il est fait, l'étoffe dont se sont habillés ses songes… Disponible à son jeu, j'écoute et retiens chaque parole prononcée.

– Qu'exigeras-tu de moi à l'heure où tu auras décidé de te taire ?

Comme s'il poursuivait des pensées sans me faire part des itinéraires de son esprit, il lance :

– Les époques que j'ai traversées m'ont aveuglé et délimité. Il en va ainsi pour chacun de nous. Étrangement, nous ne parvenons que rarement à être nous-même. Quelle part de liberté nous reste-t-il pour avoir le sentiment de choisir qui nous aimons ?

– Je n'étais pas moi-même quand je t'ai dit mon admiration cet après-midi ?

– Je t'intéresse parce que j'écris des textes qui engendrent de ta part une empathie. Dans cinquante ans, peut-être personne n'aura-t-il rien à faire d'un écrivain, et alors, si nous nous rencontrions, tu ne songerais qu'à me fuir comme le témoin archaïque d'une histoire révolue… Nos sentiments, nos jugements, qui semblent si bien exprimer ce que nous avons de plus authentique, sont liés au temps qui les voit naître.

– Les chagrins, les désillusions d'il y a un siècle ne sont-ils pas identiques à ceux que nous éprouvons aujourd'hui ?

– Non. Les chagrins ont une histoire, comme l'amour, comme la générosité, comme l'espérance… Les Grecs inventeurs de la démocratie admettaient les esclaves… En pleine Renaissance, Las Casas a dû batailler ferme avec Ferdinand d'Aragon et Charles Quint pour faire admettre que les Indiens avaient une âme. Ce qui aujourd'hui semble aller de soi fut un jour impensable. Comment résoudre cette énigme ? Celle d'un enfermement de nos jugements, avec l'incroyable difficulté qu'il y a à sortir du temps qui les a fait naître.

– Les auteurs de science-fiction ou encore, d'une tout autre manière, Lewis Carroll, Swift, Rabelais y sont parvenus.

– Tu n'as pas tort, ils ont inventé des mondes qui n'étaient pas les leurs et ont fait s'y affronter des hommes qui néanmoins nous ressemblent. Pour cette raison, ils…

Une jeune mariée fait soudain irruption dans notre lieu calfeutré. Elle est entrée dans la cafétéria comme un boulet, bousculant la porte à tambour. Une mariée avec robe longue et blanche. Elle porte à la main un sac plastique de supermarché. Le visage en larmes, elle s'est adressée à l'un des serveurs. Karl, seigneur, se lève et l'invite à notre table. « Asseyez-vous, mademoiselle, madame, calmez-vous ! »

Que dit-elle, la mariée ? Remontée comme une horloge, elle nous sert que les hommes sont des salauds, que la vie ça devrait être la liberté d'aimer qui on veut…

Karl commande pour elle un thé brûlant, ça vous fera du bien !

– Les hommes, vous êtes comme ça, continue-t-elle, tout vous est dû. Si vous pleurez, il faut accourir à l'instant, si vous voulez être seul, il faut déguerpir… Je viens de me marier et je voudrais mourir.

– Un homme n'est pas tous les hommes, dit Karl.

– Celui que je viens d'épouser veut me conduire dans un pays dont j'ignore tout. Je ne veux pas que ma vie soit un exil.

La jeune mariée se tait soudainement lorsque débarque une femme portant un voile noir sur la tête.

– C'est ma fille, dit-elle. Ismalia, viens ma gazelle, tu resteras ici, je te le garantis, jamais je ne te laisserai partir, viens, ne fais pas de scandale, tout le monde te regarde !

Ismalia se cramponne à Karl, baisse la tête comme si elle voulait ne pas entendre, ne plus exister.

– Levez-vous, dit-il doucement, votre histoire n'est pas ici mais avec votre mère. Aimez-la, rien ne peut vous arriver si votre amour l'une pour l'autre est sans faille.

Résignée, Ismalia se lève, prend la main de sa mère, qui l'entraîne au-dehors.

– Elle vient de recevoir le sacrement du mariage et elle veut déjà mourir… Bénie et stigmatisée ! dit Karl. Toi qui connais les langues, compare ces verbes adverses et pourtant ressemblants : le *to bless* de l'anglais et le *blesser* du français, une seule consonance pour deux sens différents qui pourtant ici se rejoignent… La bénédiction et la cicatrice, la béatitude et le sang… Cette fille vient de recevoir la grâce de Dieu et dans le même temps sa meurtrissure, comme s'Il blessait et bénissait en même temps ses élus afin que la souffrance divine se fasse humaine.

Où en étions-nous restés ?

7

– *Mes années-lumière*, voilà un titre qui me plaît ! s'extasie Karl en sortant de la cafétéria. Il jubile. C'est comme un gouffre où l'on pourrait répandre à satiété des torrents de pensées et de pleurs, des brassières de communiants comme les rails tonitruants du dernier TGV. Une magnifique béance pour y déverser ce que j'ai négligé d'écrire, mes forfaitures, mes trahisons, ce que je ne me suis jamais permis d'affronter.

– Ainsi, tous les romans que tu as pu écrire ne t'auront pas délivré de tes misérables secrets ?

– Chacune de nos existences recèle des énigmes que toutes les psychanalyses du monde ne parviendront jamais à révéler, que quantité de livres écrits ne porteront pas en lumière. Une réticence coupable à divulguer certains abîmes m'a contraint au silence. Un silence plus lourd et douloureux qu'un mensonge. Face à cette impuissance, je me suis grisé de soirées, abruti de rencontres, me suis perdu dans des mondanités, je suis allé danser en smoking sous des lustres de cristal, je me suis mis en quête d'amis comme si ceux qui m'entouraient ne me suffisaient pas. On recherchait ma compagnie et moi je la fuyais. Je me fourvoyais et n'étais satisfait de rien. Chaque plaisir m'en fit souhaiter d'autres, chaque rencontre me faisait déjà songer à la suivante comme s'il n'y avait de cesse à se projeter dans ce que je n'avais pas. Cette inaptitude maladive à jouir et me réjouir de ce que je possédais dans l'instant me transforma en commis voyageur inassouvi. Je glissais sur les choses comme sur les gens, en patineur expert.

– Karl Berline aura donc été un frivole mondain qui se laissa éblouir par le clinquant de soirées inutiles !

– Le clinquant, comme tu dis, prend possession de nous quand nous ne savons plus qui nous sommes. Au milieu de ces instants de fatuité, seule la mort parvient à débusquer des inclinations négligées pour des êtres qui ne faisaient plus partie que d'un décor. Cet être cher qui soudainement nous quitte était devenu aussi invisible que notre lit ou notre brosse à dents, et une fois mort nous le pleurons parce que son absence réveille en nous ce que nous fûmes incapables de lui offrir lorsque, vivant, il n'attendait qu'un appel, une main tendue pour s'assurer d'un sentiment dont il s'estimait dépourvu.

– Les corps se sont déjà enfuis que nous consentons seulement à vouloir les étreindre…

– Nous sommes faits de ces énigmes, et ce sont souvent des événements inattendus, une rencontre fortuite qui parviennent à mettre le doigt sur l'une d'entre elles. Une inconnue m'a révélé des dispositions, comment te dire, terrifiantes, que jusque-là j'ignorais et n'imaginais pas une seconde se terrer en moi. Écoute cette histoire ! Un soir, à la sortie d'un concert où une jolie pianiste vient d'interpréter merveilleusement le concerto n° 4 de Rachmaninov, j'ai soudain l'irrépressible désir d'aller féliciter la jeune femme pour les émotions qu'elle m'a dispensées. Elle blêmit quand elle m'aperçoit. « J'attendais depuis longtemps le jour où vous viendriez au-devant de moi ! »

– Tu la connaissais et tu l'avais oubliée… Quelque chose de ce genre m'est arrivé.

– Pas du tout. Elle ajoute : « J'ai quelque chose d'important à vous communiquer. »

– Tu lui plaisais…

– Je sentais que ce n'était pas sur un registre amoureux qu'elle voulait m'entretenir. Lorsque son dernier admirateur disparaît, elle sort de sa loge et me demande de la raccompagner. Un chauffeur l'attend pour la conduire à son hôtel. « Je vais vous révéler quelque chose qui ne manquera pas de vous étonner : je suis un *rêve* de Rachmaninov », me dit-elle sans autre préambule, aussitôt entrée dans la voiture.

– Une illuminée !

– Tu as bien entendu. Elle vient de me dire : « Je suis un rêve de Rachmaninov », pianiste et compositeur mort depuis presque un siècle. Elle continue : « Au conservatoire, j'ai étudié les sonates de Mozart et de Beethoven, les impromptus de Schubert, les valses et nocturnes de Chopin, Rachmaninov, jamais. Il était installé en moi et à dix ans je le jouais comme vous l'avez entendu ce soir. » Je lui demande : « Comment peut-on être le rêve de quelqu'un ? – C'est pour moi une évidence ! dit-elle. Rien de rationnel dans une telle certitude. Mais comment expliquer que je joue tout Rachmaninov, et uniquement lui, sans l'avoir jamais appris ? – Le hasard ? dis-je. – Je ne crois qu'aux miracles, répond-elle vivement, et être le rêve de quelqu'un en est un ! » Nous étions arrivés à son hôtel sur l'avenue George-V. Elle insiste pour que nous continuions cette conversation: « Attendez-moi au bar, j'ai un cadeau à vous faire. » Quelques instants plus tard, elle revient avec un objet, plutôt encombrant, qu'elle a recouvert d'un papier journal. Devinant ma curiosité, elle déballe le cadeau. Apparaît à mes yeux une sorte de socle en bois, taillé sans raffinement, surmonté d'un col avec sur le dessus une petite coupelle. Le tout, d'une seule pièce. « Qu'est-ce que c'est? – Un *reposoir des rêves*, répond-elle, enjouée. On me l'a offert au Mali, après un concert où j'avais joué... Rachmaninov! – Pourquoi me l'offrir à moi? – Peut-être suis-je votre rêve et que vous n'en savez rien, dit-elle. J'ai lu tous vos livres, et ce fut, à mon grand étonnement, un voyage dans des lieux que j'avais déjà visités, des personnages que j'avais rencontrés, en vrai, en rêve, allez savoir... » Soudain, prédateur, je ne songe plus à la magie de l'instant et perçois mon ascendant sur elle. « Pour en revenir à cet objet, continue-t-elle, il est à vous. Vous poserez votre tête sur le reposoir et, où que vous soyez, où que je me trouve, nous nous sentirons l'un avec l'autre sans même faire l'effort de nous aimer. » La soirée aurait pu s'interrompre ainsi, boire un dernier verre et, moi, repartir avec mon cadeau. Mais, je te l'ai dit, à cette époque je paradais, me croyais supérieur en tout: en talent, en douceur, en amant. Alors, convaincu de mon pouvoir d'écrivain parvenant à s'infiltrer dans l'imaginaire d'une femme, je veux faire le coq et je lui propose de l'accompagner dans sa chambre. Elle accepte, je la suis. Passons sur les détails... À l'instant où je prends possession de son corps, elle se met à rire, d'un rire hystérique, tout de saccades nerveuses et convulsives. Un rire! Je demande ce qui se passe. Un ricanement de folle me répond. Tout d'elle me devient alors insupportable, ses élucubrations, « je suis le rêve de Rachmaninov », et ce rire obsédant… Une colère, un dégoût montent en moi et me débordent, je frappe alors la fille sans pouvoir retenir mes gestes, je la frappe à plusieurs reprises afin que cesse son rire hystérique. Abasourdie, à la seconde elle se tait. Me rendant compte de ce qui est en train de se produire, dégrisé, je stoppe net et la regarde dans sa nudité crue : apeurée, bras tendus pour se défendre, elle ressemble à ces photographies de femmes dans les camps, qui demandaient grâce. Je me rhabille et sors en toute hâte de la chambre en oubliant mon cadeau. Dans la rue, sur l'avenue des Champs-Élysées, je me mets à pleurer. C'est la première fois de ma vie que je frappe quelqu'un, et que de surcroît ce soit une femme m'est indifférent. *Quelqu'un !* Je viens d'agir ni plus ni moins qu'en tortionnaire profitant de son pouvoir pour anéantir l'autre. Cette femme, pendant quelques secondes, était devenue *une chose*.

– Qu'as-tu voulu me dire en me révélant cette misérable histoire ?

– Que chaque homme a besoin d'esclaves, comme d'oxygène, comme d'espace… Conséquence : quiconque possède une parcelle de pouvoir, qu'elle se nomme séduction, force brutale, ascendant, à son gré il en use.

Le canal est anthracite, nos bouches se figent, sans plus de mots.

8

Comme s'il y avait des paroles enfouies que nous irions chercher en marchant plus avant, nous avançons silencieux vers une brume de phrases perdues. Au loin, près de la grande écluse, sur la façade d'une rotonde, un rougeoiement. Karl prend mon bras. Des ombres mouvantes se projettent sur la pierre de taille. Ainsi enlacés, nous nous approchons.

Il y a là un tonneau de métal percé d'orifices par lesquels s'échappent des flammes, un brasero. Trois hommes emmitouflés de manteaux ravaudés et de mitaines s'y réchauffent. Par terre, des matelas maculés se chevauchent, quelques cadavres de bouteilles, des sacs en plastique, éventrés. À notre « bonne nuit », lancé par une politesse du froid, répond un vague grognement. Nos bras se séparent, Karl et moi tendons les mains vers la chaleur du feu. Des flammèches tressautent dans un grésillement au sommet du foyer. Karl essaie de nouer un semblant de conversation. En vain. Des raclements de gorge lui sont rétorqués. Une désinvolture ordinaire dénuée d'arrogance. Ayant fait provision de calories, nous osons finalement exprimer un « merci » et un « au revoir » qui se perdent dans la nuit.

– Les gens qui ont froid n'ont rien à transmettre, dit Karl. Mots inutiles, le lien c'est le froid.

Nous revenons vers les rives du canal. Dans le ciel, un nuage s'enfuit, qui laisse se refléter quelques rais de lune à la lisière de l'eau.

– Ils ne vont pas bien, ces types, dis-je. L'âpreté du monde leur colle à la peau comme une gale.

– La souffrance, c'est regarder les limites de ses mains, celles de ses pieds, et savoir qu'il n'y a rien, absolument rien, au-delà de ces frontières.

Il souffle dans ses doigts :

– Que dirais-tu si nous allions dans ton appartement ?

– Bonne idée, il faut que je donne à manger à mon canari.

– Tu vis avec un oiseau ?

– J'aime sa musique. Je peux te l'imiter avant que vous ne fassiez connaissance.

– Tu parles le canari ?

J'exécute devant Karl mon numéro d'oiseau : fond de la gorge, note aiguë, rou-ou-ou, rou-ou-ou, rou-ou-ou…

– Ce n'est pas plutôt là le chant d'une colombe ou d'une tourterelle ?

– J'ai un canari doué pour les langues !

Alors que nous nous dirigeons à pas nonchalants vers ma résidence, Karl applaudit. Mon chant-canari l'a rendu joyeux. Il essaie à plusieurs reprises de m'imiter, je lui explique comment procéder. Vaines tentatives, il semble plus grogner à la manière d'un roquet énervé qu'imiter un oiseau.

9

– Et si nous étions rêvés par des êtres extérieurs à notre monde solaire ! Ce serait bien plus fumeux que la folle de Rachmaninov… Qu'en dis-tu ?

– Je dis que tu as battu cette femme et que tu ne devrais pas l'appeler ainsi… être plus déférent, non ?

– *Mea culpa* pour ma désinvolture.

Karl boude. Je l'ai brisé dans son élan. Mais ça ne m'a pas déplu de le remettre à sa place. Je sais qu'il n'attend qu'un mot pour reprendre la parole.

– Quelle est ta fumeuse idée ?

Son visage s'éclaire, la bouderie fut de courte durée.

– Il y a en ce moment même une antenne placée au-dessus d'un radiotélescope dans l'île de Porto Rico, et tu sais à quoi les astrophysiciens du coin passent leurs nuits et leurs journées ? À chercher les émissions radio venues de l'Univers. «*Are we alone ?*» ont-ils inscrit à côté de leurs ordinateurs.

– Ont-ils reçu des nouvelles, des signes d'extraterrestres ?

– Rien pour l'instant. La probabilité de succès est impossible à estimer, mais s'ils ne cherchent pas, la chance de réussite est égale à zéro.

– Pari pascalien…

– Alors ils attendent. Dans le même genre d'idée, tu te souviens que deux sondes ont été envoyées il y a plus de vingt ans... Elles sortent en ce moment de notre système solaire, ce qui veut dire qu'elles sont à des centaines de milliards de kilomètres de ta résidence de l'Espérance. Difficile à imaginer...

– Je me souviens en effet. Elles ont emporté des musiques de Bach, Mozart, Beethoven...

– Mais aussi des chants pygmées, du grégorien, le battement d'un cœur, le crépitement du feu, un barrissement d'éléphant... Moi j'aurais ajouté « je vous aime » dans toutes les langues et tous les dialectes de notre planète... Ou alors une orchidée, la plus étrange de nos fleurs, qui a l'avantage d'imiter parfaitement le sexe des Terriennes...

– Et si tu devais te présenter à eux, là maintenant, tu le ferais de quelle manière ?

– Je suis Karl Berline, mon nom ne vous dira rien...

– Ridicule !

– Je recommence : je suis de cette région de la Terre qui s'appelle l'Europe. Je ne crois pas en un dieu, ma religion s'est appelée Écriture. J'ai utilisé les mots inventés par des milliers de générations d'hommes avant moi, je les ai assemblés avec le plus d'élégance possible, persuadé que c'est en écrivant que l'on comprend le mieux notre monde. Je fus avec beaucoup d'autres de mon espèce leur légataire testamentaire, nous nous sommes immiscés dans le flux d'un discours commencé depuis longtemps pour en assurer la continuité. Je vous invite à introduire dans vos banques de données tous les romans contenus dans nos bibliothèques afin que vous sachiez ce qu'aimer veut dire, ce que souffrir veut dire, ce que sont l'angoisse, la solitude, la peur de mourir… Seules ces forêts de mots vous apprendront ce qu'est la grâce d'exister : avoir reçu la vie et tenter, chacun avec ses moyens, d'en faire une belle œuvre. Ça te va ?

– Un peu pompeux ! Tu as oublié le rire.

– Je crois qu'il faut un peu de solennité lorsqu'on rencontre des êtres qui ne savent pas qui sont Montaigne et Matisse, et n'ont jamais pu entendre le requiem de Mozart…

– Qu'y comprendraient-ils ?

– Les particules élémentaires vibrent comme des cordes, les astres vibrent, les hommes vibrent de tous leurs sentiments. Pourquoi les extraterrestres ne vibreraient-ils pas eux aussi comme le reste de l'Univers ?

10

Parvenu sur mon palier, une émotion me saisit : mademoiselle Clarisse a remplacé mon paillasson par un autre, entièrement neuf et coloré. Imaginez ! Un losange vert au milieu d'un fond brun constellé d'étoiles.

Je décode la situation à Karl. Lui décris rapidement mademoiselle Clarisse, le satin cuivré de sa peau, ses yeux noirs, comme ses cheveux, les sourires lumineux qu'elle m'accorde.

– Elle est métisse, dis-je.

– Une mosaïque de continents ! Tu veux que nous allions frapper à sa porte ? propose-t-il.

– J'aurais peur de tout compromettre.

– On peut prendre le prétexte qu'il n'y a rien à boire…

– Tu y tiens vraiment ?

– Non. Nous avons du travail ! Et on ne peut comparer un prochain amour à un prochain roman. L'un va mourir, inévitablement l'autre fera sa course avec le temps, en lui résistant. Parfois, en parvenant à le vaincre…

– Quel orgueil et quel pessimisme ! Ainsi, seuls les romans rivaliseraient avec le temps… Et les amours ne s'esquisseraient que pour fatalement disparaître ?

– Je le crois. Mais on ne peut pas croire cela à tout âge. Surtout pas au tien. Le roman, c'est la transmission et le partage…

– L'amour, ce n'est pas la même chose ?

– Pas tout à fait. Parce qu'alors chacun lutte pour soi et non pour l'autre. L'amour survient pour embellir un morceau d'existence, rarement pour lui survivre. Insidieux tourments qui nous rendent fous, parfois intelligents. Il faut en finir avec l'éternité de l'amour… Regarde ce que je suis… Un homme seul. Certaines femmes m'ont dit : « Je t'aimerai quand tu seras vieux, je serai auprès de toi quoi qu'il advienne… » Laquelle a survécu aux promesses, laquelle est auprès de moi pour me dire : « Tu es un vieil énergumène arrogant et bavard, mais rien ne me ferait partir au bout de la nuit pour me faire croire que je puisse être plus heureuse sans toi » ?

Karl semble submergé par une vague de nostalgie. Lui qui ne parle jamais de ses larmes, j'ai cru qu'il pourrait se mettre à pleurer. D'ailleurs, pourquoi ne pleure-t-il pas puisque cette nuit semble être propice aux épanchements ?

11

Installé sur mon sofa, Karl étire ses jambes. Il s'essaie de nouveau à imiter mon canari, se racle la gorge et accompagne sa toux d'un rire exagéré. Il se calme.

– À certains moments de ma vie, j'ai été fortuné, tu sais. J'en ai profité pour avoir un chauffeur, des domestiques, parce que, autant être clair, le reste du temps je n'ai voyagé qu'en dernière classe, en charters, à fond de cale… La richesse a ceci d'étrange, elle donne le pouvoir apparent de se rendre maître des gens et des choses, quand bien même on sait que nous ne sommes que locataire d'un domaine octroyé par des circonstances favorables. Mais il n'en a pas été toujours ainsi, j'ai dû, à nos débuts avec Hanna, exercer bien des métiers : traducteur, projectionniste, pianiste dans un bar monégasque, puis ouvrier dans une usine qui fabriquait des croix de Jésus… Le succès venu, nous sommes partis, Hanna et moi, tels Don Quichotte et Sancho Pança, vérifier aux quatre coins de la planète si, de tant de beauté, les magazines disaient vrai. Ils mentaient. La vérité était mille fois plus émouvante que l'illusion de ses images… Aujourd'hui, je ne possède plus que la maison de l'Océan dont j'aime à te parler. Il y a là un piano et une petite centaine de livres. Je me suis délesté des autres parce que, s'ils nous apprennent à grandir, un jour ils nous tuent. Seuls quelques résidus de droits d'auteur m'autorisent une vie de pacha une fois l'an : je viens alors en ville comme aujourd'hui, je séjourne dans un hôtel de première catégorie... Puis je repars et me tais.

Karl s'est levé, explore mon repaire, sort de leur pile des CD, feuillette mes romans et, semblant déçu par leur rareté, il m'en fait le reproche. « Tes anges tutélaires sont peu nombreux ! » Je ne daigne pas lui en donner la raison. Il respire plus mes objets qu'il ne les touche. Lorsqu'il aperçoit, posé sur une commode, un cadre doré avec une de mes photographies en premier communiant, il se moque :

– Tu es mignon là-dessus, on dirait un séraphin.

– J'ai treize ans.

– L'innocence se lit dans ton regard béat, sur tes joues rebondies, et l'aube blanche comme le missel ouvert que tu tiens ne font que conforter cette impression.

– Il faudrait dire cette illusion...

– Tu étais déjà mécréant et tu parjurais le sacrement que l'on venait de t'administrer ?

– Presque. Je regarde toujours cette image en deux temps. Tout d'abord, j'observe mon visage, qui j'étais, et ma mémoire me restitue une quantité non négligeable des rêves qui m'habitaient alors. C'est de cette époque que date mon désir, éphémère je te rassure, de devenir pape, d'être saint ou moine, un homme voué au sacrifice. Mes prières ferventes, les fumées d'encens, les chasubles passementées de fils d'or, les chants liturgiques qui, je le croyais, me transporteraient à la droite de Dieu, tout contribuait à instaurer en moi une foi de théâtre.

– Et dans un deuxième temps ?

– Je me remémore l'instant de la séance photo. Et là, je ris carrément.

– Je suis certain que tu ne fais que sourire, tant ta discrétion atavique te pousse à la réserve. Je me trompe ?

– Ce jour-là, la photographe, puisqu'il s'agissait d'une femme, portait un pull-over en mohair avec une ouverture en V. Chaque fois qu'elle se penchait vers l'objectif de l'appareil posé sur un trépied, m'apparaissait la naissance de ses seins.

– Festin rare pour un adolescent...

– Mieux encore, lorsqu'elle a disposé le voile noir par-dessus sa tête et ses épaules pour se concentrer sur la plaque photographique, j'ai pu à loisir et en toute quiétude regarder ce qui m'intéressait plus que tout : le délicieux sillon qui fendait en deux l'échancrure de son pull.

– Et là, tu t'es mis à bander...

– En toute liberté ! Sans vergogne... Une érection que je ne tentais même pas de contenir, tant l'ampleur de mon aube blanche me protégeait de toute suspicion. Tu comprends pourquoi j'aime cette photographie ambiguë où mon visage séraphique contredit un rut inaccessible.

– Le goût du péché et la ferveur liturgique, joli cocktail pour un garçon épris de sainteté... Je fonds devant ton regard de totale pureté, noyauté par le parfum du stupre !

– Qui se préoccupe jamais du creux des apparences...

– Les écrivains ! Tu vois, pour la première fois depuis notre rencontre sur le quai, tu parles enfin de toi. Et pour quoi dire ? Raconter l'invisible. C'est exactement cela la littérature : explorer ce que personne n'entrevoit jamais… Si tu m'avais interrogé sur cette photo, j'aurais pu improviser : ce garçon au regard sérieux a peut-être appris le matin même le cancer de son père, il s'est abruti de cierges, d'encens, de prières pour se mettre enfin à croire en un Dieu rassurant, tout amour et bonté… En tout cas, jamais je n'aurais imaginé ce qui se tramait sous tes allures de Petit Prince désincarné et je te remercie de m'avoir donné la clé d'une photo qui à première vue ne présentait aucun mystère. La littérature est justement tout ce qui se trouve dissimulé sous ton aube limpide : un mystère que personne ne remarque.

– Je t'écoute, j'enregistre tes paroles, rien de ce que tu as dit depuis ton arrivée ne m'a échappé. À ta convenance, je restituerai les minutes de ton séjour. Quel est ce projet sur lequel tu te tais ?

– Que d'impatience ! La nuit vient à peine de commencer.

Le canari, réveillé par les éclats de Karl, se met à chanter en triolets rapprochés.

– Tu l'as parfaitement imité tout à l'heure… J'ai toujours trouvé étrange ce lien qui nous attache à un animal. Des regards, des pattes qui enserrent, des museaux mouillés, un chant mélancolique, c'est une poésie sans mots. Ils donnent ce qu'ils peuvent et ne prennent en retour qu'un peu de nourriture et d'attentions. Leur âme est minuscule, juste faite pour aimer qui les aime.

– Descartes les réduisait à des machines…

– Trop cartésien le bonhomme ! J'ai eu un labrador. Intelligent, vif, il comprenait une vingtaine de mots : manger, sortir, vacances, dormir, journal… Chaque matin, je l'exhortais, tu vas te décider à parler, bougre d'animal, tu vas me les raconter tes culs de chien, tes urines aux pierres d'angle, ta queue qui remue pour un oui, pour un non ! C'est quoi cette queue qui parle sans dire un mot ? Tu vois, la poésie se niche partout, dans la queue des chiens, dans le silence des arbres, les mots des hommes.

– J'ai l'impression que tu uses à tort et à travers du mot *poésie*.

– À tort, jamais. À travers, sans doute, mais à dessein… La poésie, c'est bifurquer et se perdre, tituber vers le fracas, effacer les forêts d'eucalyptus, les cordillères des Andes, araser les cratères, les cheminées d'usines, les lignes à vingt mille volts, abattre les clochers, les minarets. Et pour quoi ? Leur substituer un seul mot, un seul signe qui les annulera tous. Il y a des millions de mondes à détruire, il y a des millions de poèmes à écrire.

– Seul Dieu est capable d'une aussi magnifique apocalypse !

– Les poètes sont des dieux que personne ne remarque.

12

Karl sort de la pochette de sa veste le petit carré de soie qui l'ornait. Il l'étale, le replie méticuleusement, puis le remet en place, veillant à ce que dépasse uniquement le triangle parfait qu'il vient de former.

– Sur quoi as-tu échoué, Karl ?

– Sur presque tout. Comme amoureux, comme père… J'ai été un écrivain qui a pu se prévaloir d'un certain succès, mais cela est à la portée de nombre de gens qui savent manier un stylo… Et la réussite en ce domaine n'est le critère de rien. Mon regret littéraire est de n'avoir pas pu répondre à une question simple : *Qu'est-ce qu'aujourd'hui ?* De quelles étoiles, de quels fleuves, de quels sentiments ce mot se remplit-il ? J'aurais voulu capturer le monde et le mettre en mots, dire de quels morts et de quels vivants je me sentais redevable, mêler les paysages de la Méditerranée à ceux de mon enfance du nord de l'Europe, les brouillards et la clarté, la neige et le bleuté des vagues. Parfois on désire rendre esclaves les mots du dictionnaire, se les approprier et décrire une fleur de chardon, le sifflement d'une éolienne, décrypter le divin parfum d'un café à la cardamome… On voudrait que le livre en train de s'écrire raconte dans un jaillissement le monde d'un seul instant, celui qui entre dans nos poumons, et alors, seulement, nous saurions de quels rêves, de quelles mélodies il s'est emparé pour venir aussi simplement nous faire vivre.

Karl s'exprime en de grands gestes étoilés. Comme s'il fallait battre l'air, marteler les phrases avec les bras et des hochements de tête pour que les mots soient assénés. Qui peut savoir ce que deviendront de telles confidences… D'ailleurs, de quelles vérités sont-elles les fantômes ? Ne remodèle-t-on pas à l'infini sa vie pour en faire le chef-d'œuvre que léguerait aux postérités quelque scribe docile ?

13

– Au début de la nuit, tu as voulu m'entretenir de la guerre, mais depuis tu te tais sur elle.

– La pudeur ! À la fin du cataclysme mondial personne n'écoutait, alors, comme tant d'autres, je me suis tu. J'ai mis des années à écrire là-dessus, dans des articles de journaux, dans des romans. Mais je déteste la peinture des horreurs ! Ce qui m'intéresse, c'est la distance. La langue reste limitée, et ces limites sont infranchissables. J'aimerais seulement que tu saches, avec des mots simples, d'où je viens.

Karl s'installe plus douillettement, il cherche son souffle.

– *Mes années-lumière* commencent à Cracovie, d'où très vite mes parents partirent pour Sopot, une petite station balnéaire de la Baltique, au nord de la Pologne. Mon père rêvait d'être marin, il fut grutier et embauché aux chantiers navals de la grande ville d'à côté, Gdansk. Mon nom était alors Karl Berlinsky, fils d'Andreï et de Marta. Aucune pratique religieuse à la maison. Lorsque eurent lieu les premiers pogroms, notre fuite passa tout naturellement par la mer. Nous sommes arrivés en Lettonie, dans la banlieue de Riga. Il y a là des cigognes qui font leurs nids sur les toits de bardeaux, on entend le gargouillis des coqs de bruyère, le wa-wa des bécassines, et partout, omniprésente comme ce soir : la neige. Au printemps fleurissaient les boutons-d'or et les daphnés, mes parents et moi remontions vers le cercle polaire regarder les jours sans fin, la lumière d'opale du soleil. Ma mère Marta travaillait dans une petite fabrique de jouets, charrettes en bois, ours en bois, loups en bois. À la maison, elle façonnait nos ustensiles de cuisine, les cuillers, les cuves, de même que les sabots. L'été, je portais des sandales tressées en écorce de tilleul. J'avais seize ans quand maman est morte. La tuberculose. Elle m'avait demandé, quelques jours avant sa mort : « Est-ce que tu crois que Dieu appartient à la même espèce que nous ? » Quelques semaines plus tard, mon père, fou de désespoir, se jeta du haut d'une grue sur le chantier naval de Riga. Je lui en veux encore de m'avoir ainsi abandonné. C'est cette meurtrissure originelle que, toute ma vie, j'ai voulu raconter. Revenir sans cesse sur cet orphelin de seize ans qui ne savait rien de l'existence et qui, tout d'un coup, venait de tout apprendre…

Karl arrête net son récit. Il est ailleurs… Pris à l'intérieur d'un souvenir ? Je me tais. J'aimerais pourtant qu'il continue, qu'il me dise comment, des décennies plus tard, le jeune garçon de Riga se trouvait toujours fiché à l'intérieur du vieil homme d'aujourd'hui. Les adolescents ne vieillissent pas, songé-je, ils enferment leur jeunesse dans des cercueils qui voyagent avec eux, en secret, toute leur vie.

Nous sommes là, muets, dans l'appartement.

Je regarde la tapisserie, les meubles, comme s'ils étaient étrangers aux paroles prononcées, étrangers à toute vie. La présence de Karl rend ce décor familier dérisoire de conformisme, tant les mots qu'il y prononce transforment chaque recoin en désert, en lande venteuse, en port de la Baltique. Je suis chez moi et ailleurs. En terre inconnue.

Je pense que notre nuit va se finir ainsi, que c'en est terminé des confessions, du désir de Karl de parachever sa vie. Après un effort manifeste, il articule quelques mots :

– Les Russes débarquèrent, j'ai fui à nouveau, avec Hanna cette fois, et, comme toujours, en bateau... Et puis non. À quoi bon revenir encore et encore en arrière ? Sais-tu que depuis ce temps-là ma respiration n'est plus la même, comme si une brassée de fleurs mortes était venue se loger à l'intérieur de mon thorax ? Plus jamais je n'ai respiré pleinement, librement, sans cette lancinante oppression...

Il passe la main sur ses joues et semble agacé :

– De plus, mes poils blancs repoussent, je vais ressembler à un bonhomme de neige... Avec quoi te rases-tu ? Électrique ou blaireau ?

– Blaireau.

– Parfait, moi aussi. Indique-moi la salle de bains ! Je vais me donner un petit coup de fraîcheur.

– Maintenant ?

– Pourquoi pas ? Je dois apparaître comme un sou neuf si par mégarde la mort imaginait venir me trouver par une aussi belle nuit.

Je lui tends de la crème à raser, un blaireau, un rasoir. Il a retiré sa cravate, sa veste, et s'est planté en chemise devant la glace accrochée au-dessus du lavabo. Assis sur le rebord de la baignoire, je regarde Karl Berline se badigeonner le visage de mousse mentholée. Qui m'aurait dit la veille, sur le quai, qu'il serait là le lendemain même, dans ma salle de bains, à vouloir se refaire une beauté ? Avant de donner son premier coup de rasoir, s'observant dans le miroir, il dit :

– Jamais, à ton âge, on ne peut s'imaginer en vieillard. Pourtant, comme la mort, c'est la chose la plus inéluctable qui soit. Ma bouche et mon regard n'ont pas changé, tu sais, seul ce que recouvre la mousse est passé au crible des années. Apporte-moi mon chapeau pour masquer ma tignasse blanche, j'aimerais qu'une fois avant que nous nous quittions, une seule fois, tu m'imagines en jeune homme.

Je vais chercher son chapeau resté sur la commode. Il l'enfonce jusqu'au-dessus des sourcils.

– Qu'en dis-tu ? demande-t-il en se retournant de façon théâtrale.

Les joues striées, les plissures du cou, les rides du front, comme les poches sombres des yeux, ont disparu sous la mousse à raser. Je m'efforce de deviner l'homme qu'il fut. Un regard ardent et des lèvres sensuelles, c'est ce que m'offre, à l'instant, Karl de son visage. J'y entrevois une jeunesse que je n'aurais jamais su deviner, tant l'infernal petit carré de peau qui signe l'identité d'un homme – son visage – se charge de tourments et de soucis pour lui donner le poids du monde qui fut le sien.

– Tu ressembles à un Père Noël, mais un jeune Père Noël !

– Fais-moi plaisir, dis-moi que nous aurions pu être des amis.

– Je te l'accorde. Mais nous sommes en train de le devenir, n'est-ce pas aussi important ?

– Ne m'en veux pas de mes diatribes, j'aimerais tellement transmettre à quelqu'un ce que l'existence m'a appris… Ce qu'elle malaxe d'espoirs et de tourments pour transformer un homme. Tout à l'heure, je voulais te raconter ma vie d'errant européen uniquement pour que tu connaisses l'usage d'un seul mot : *exil*. Comme l'*amour*, comme le *deuil*, comme la *guerre*, ce mot est de peu de valeur pour qui ne l'a pas ressenti dans sa chair, et il nous faut des passeurs pour connaître ce que notre propre existence n'a pas permis qu'on apprenne. J'aurais voulu que tu saches l'arrachement à un sol, à un paysage, comment un jour on quitte ses décors, ce qui servait de repères au quotidien d'une vie paisible, son épicier, son université, les premières fiancées, les noms de rues, tout ce qui tramait des jours tranquilles…

14

Karl se rase, il a conservé son chapeau, j'entends le faible chuintement de la lame sur ses poils de barbe.

– Dis-moi l'exil, conte-moi ce qui m'est étranger.

Il interrompt son toilettage.

– Comment pourrais-tu savoir ? Né après la guerre dans une Europe démocratique qui ne rêvait que de paix, jamais on ne t'a obligé à quitter une maison l'échine courbée. À courir dans les étangs, les forêts, à te cacher dans les trains d'atterrissage des aéronefs. Rien n'a changé, ils ne sont plus les mêmes, mais ils portent d'identiques visages égarés. On les reconnaît à leurs peaux ridulées, harassées, les regards vides d'un monde qui ne les remplit d'aucun de ses bienfaits. Des millions d'hommes et de femmes s'éloignent, en ce moment même où je te parle, de là où ils sont nés, de là où ont vécu leurs ancêtres. Ce qu'ils vivent n'est pas un déménagement, mais une mort liquide qui opère en plein cycle du vivant. On se fabrique à la hâte un minuscule bagage qui deviendra le reliquaire des souvenirs : un napperon dentelé, quelques bagues, une photo… On abandonne qui on fut avec la peur au ventre de pénétrer des territoires où l'on n'est rien. Fuir la terreur visible pour entrer dans celle, plus discrète, de l'indifférence. Aucun regard extérieur pour s'assurer que l'on est en vie, nul signe qui rassure sur une quelconque appartenance: un monde étrangement muet a remplacé celui des étreintes, des baisers, celui des haleines... Il faut alors réapprendre à se tenir droit et digne, à respirer sans à-coups, à dissimuler ses odeurs de voyage. L'épuisement. Absents des centres-villes, on s'en tient à circuler comme des ombres aux périphéries. Heures de sommeil défuntes, rêves absents... Où trouver le repos et s'abandonner enfin à l'insouciance de soi ? Après s'être ensanglanté les doigts et les genoux aux barbelés des frontières, avoir marché de nuit, la soif et la faim au ventre, l'exilé n'est nulle part, ni chez lui ni ailleurs, il erre en apnée dans un milieu sans air qui n'est même plus la terre.

15

Vision fugace, j'imagine le jeune Karl, Hanna à son bras, tous deux revêtus de manteaux élimés, les yeux cernés, la peau grise, faisant la queue devant les fonctionnaires désinvoltes d'un office de naturalisation.

Revenu dans le salon et essuyant avec une serviette-éponge les dernières flammèches de crème à raser, il dit :

– Si tu veux savoir, je n'ai pas le goût intempestif des racines. Je hais les nationalistes qui sacralisent la terre où ils sont nés. Depuis longtemps ma vie est ici et, dès mon premier livre, j'ai écrit dans la langue de ma terre d'accueil, le français. Bizarrement, l'étrangeté ne provient pas du nouveau pays où l'on vit, mais de celui que l'on a quitté. Si je revenais à Riga, je ne verrais que vieillards perclus d'une histoire étrangère à la mienne. Peut-être rencontrerais-je mes premiers flirts et serais-je estomaqué de retrouver celles pour qui j'eus envie de me pendre, celles pour qui mon cœur chavirait pour un regard, pour une absence de regard. Je t'ai dit que l'Histoire façonnait nos sentiments comme nos raisonnements. Le temps fait de même, la géographie également. Si je retournais en arrière, j'aurais l'impression de visiter un pays des morts.

Je me sens misérable de n'avoir ni vin ni havanes, aucun alcool. Il lance négligemment : c'est petit chez toi ! Comme si je ne savais pas que je vivais dans l'étroit… Mon Océan à moi est un canal. Heureux mon canari qui ne rêve pas d'être goéland… Karl assure qu'il déteste les after-shave, dont il décrète le parfum vulgaire, et me réclame de l'eau de Cologne. Je trouve, dans l'armoire, un fond de bouteille qu'il se verse largement dans une paume afin de s'en tapoter le visage. Sa peau rougit, elle luit sous les caresses de l'alcool. Dandy, il se recravate, réajuste la longueur de pochette dans sa veste, retire son chapeau, il s'étend sur le sofa.

– Sache que c'est immoral de parler sans vin à boire ! assène-t-il, revigoré. Le vin, c'est l'exubérance, le plaisir du palais et l'échauffement des pensées. Même Diderot à Saint-Pétersbourg faisait venir du bourgogne de France. Qu'il m'a été délicieux d'écrire avec une bouteille de chablis frais auprès de moi ! J'avais l'impression d'y puiser le supplément de folie qui conduit vers ces mirifiques adjectifs qui enluminent les récits.

À nouveau, Karl se tait.

En est-il à tourner dans sa tête de secrets tourments en se demandant de quel artifice il va les enrober pour oser qu'ils se révèlent ? Accablé par la confidence dans les toilettes de la brasserie, j'ai eu aussitôt envie de le prendre dans mes bras, l'embrasser, lui dévoiler que j'allais l'écouter cette nuit, et toutes celles qu'il exigerait de moi. Lui promettre encore que j'irais le rejoindre au bord de l'Océan. Pour l'heure, son flux de paroles dissimule à merveille cette mort venue s'installer en lui, car il se tait sur elle. Plus que la peur, c'est l'urgence qui semble l'étreindre, la crainte de n'avoir pas assez écrit, pas assez dit, et me faire savoir en cette nuit par quoi le reste de ses songes furent hantés.

Je remarque l'impressionnant silence qui règne tout autour. Ça dort dans la résidence, cauchemars et divagations nocturnes. Sur mon palier, mademoiselle Clarisse s'est sans doute assoupie. Pourtant, j'ai envie de surgir dans son sommeil, lui demander si elle a à disposition une bouteille de n'importe quoi, pourvu que Karl continue de me divulguer ses *Années-lumière*.

– Si on allait frapper à la porte de ma voisine…

– Ta future fiancée ? lance-t-il, égayé.

– Ma voisine ! Qui est par ailleurs ma cliente, je te le rappelle.

– Frappons à la porte de la princesse endormie !

Excité, il est déjà debout dans l'entrée. Quant à moi, mille pensées me susurrent que je vais sacrifier mon hypothétique idylle avec mademoiselle Clarisse. Peu importe, ce qui me semble le plus précieux, à cet instant, est la parole de Karl.

Pareils à deux délinquants en préparation de quelque mauvais coup, nous avançons à pas feutrés sur la dalle bétonnée du palier. Arrivés devant la porte, ultime hésitation :

– On sonne ou on frappe ?

– On gratte ! décide Karl. Elle a un œilleton. Place-toi devant moi et, lorsqu'elle ouvrira, laisse-moi faire.

De mes ongles, j'érafle légèrement le bois verni de la porte.

– Et si elle est avec un amant, dis-je, pris d'un mauvais présage.

– Le problème sera vite réglé : elle n'ouvrira pas.

Je n'ose frapper carrément et m'en tiens à un gratouillement timide que je finis par trouver ridicule.

– J'ai une idée, lance Karl. Saisis-toi du paillasson qu'elle t'a offert et agite-le devant le judas. Elle comprendra tout de suite que tu viens la remercier.

Mains libres, c'est lui qui frappe. Il ose y mettre plus d'ardeur que moi. On tend l'oreille. Un frôlement. Pourquoi n'ouvre-t-elle pas ? Je secoue le paillasson avec frénésie. Bruits de clé et de verrou, la porte s'entrebâille. Mademoiselle Clarisse a enfilé un peignoir de soie.

Comme si je la voyais pour la première fois, sa beauté me surprend.

– C'est incongru, n'est-ce pas, de venir à une heure aussi tardive, mais je tenais absolument à vous remercier pour le splendide paillasson aux étoiles… Je vous présente un… mon père, dis-je, pensant qu'il y aurait quelque chose de plus intime à intervenir en famille.

– Vous ne m'avez pas dit un jour qu'il avait disparu ?

– Justement, il vient de réapparaître et je n'ai rien à lui offrir. Je parle boisson, bien sûr. Vous n'auriez pas une bouteille à nous prêter ?

– Entrez, ne restez pas là !

Je dépose mon paillasson sur le sien, à l'entrée. Ils s'épousent parfaitement. Elle sourit.

C'est la première fois que je pénètre dans son appartement. Tentures aux murs, quelques reproductions de tableaux, une petite bibliothèque, un tapis oriental : cosy à souhait. Règne ici une minuscule trace de parfum que je ne peux identifier. Poudré et fleuri. La rose, peut-être. Il y a toujours une étrangeté qui étreint à l'instant où on pénètre chez quelqu'un. On remarque d'infimes petites choses que le locataire lui-même ne perçoit plus : une fissure au plafond, une odeur de papier usé, un bruit de radiateur…

– J'ai organisé un pot il y a peu de temps, et mes collègues de l'hôpital ont apporté quantité de bouteilles. Bien plus qu'on n'en a bu. Elle s'adresse à Karl : C'est vous le revenant, venez choisir !

Karl la suit en cuisine. Après avoir perçu la porte du réfrigérateur qui s'ouvrait, je l'entends qui exulte : « Il y a tout ce qu'il nous faut, mademoiselle Clarisse. Notre nuit va se terminer en beauté ! » Il revient avec une bouteille et un tire-bouchon. Il chuchote : « Du bourgogne aligoté, un vin de pacotille, mais qui va nous émoustiller les papilles. » Puis à voix haute :

– J'ai laissé au frais une bouteille de chablis que nous emporterons tout à l'heure.

Souriant, il semble s'être détendu.

– Nous pouvons vous appeler Clarisse ? lance-t-il dans la foulée.

Elle répond qu'elle n'y voit pas d'inconvénient. Elle resserre le peignoir sur sa peau nue. Nous trinquons.

– Que faisiez-vous encore à cette heure ? demande-t-elle.

– Nous parlions, dit Karl. Nous avons tant à dire… Parler, c'est illuminer un morceau de monde, n'est-ce pas ?

Je fixe mademoiselle Clarisse et ne me lasse pas de regarder les formes de son corps qui tendent voluptueusement la soie. Elle parle de son île caribéenne, de ses origines africaine et européenne, Karl de son métier d'écrivain, moi du roman qu'est en train de me divulguer celui que, en la circonstance, je continue de nommer mon père.

16

– Vous avez raison, Karl, dit Clarisse, je suis une poétesse de la misère humaine. Tout m'arrive, les grabataires, les suicidés, les clochards couverts de vermine, les accidentés de la nuit, coups de couteau, ecchymoses, les maris violents qui frappent leurs compagnes d'infortune… Et je nettoie, je frictionne, je bichonne, je réconforte, je rends propres des vies encrassées, présentables des gens qui parfois ne ressemblent plus à rien. Vous savez, il faut avoir le cœur bien accroché pour respirer chaque jour une telle fatalité, toucher des corps décharnés que la souffrance a meurtris, ces peaux cireuses, ces visages tuméfiés aux paupières collées, les jeunes toxicos qui s'injectent des doses coupées de mort-aux-rats… S'il n'y avait Police-Secours, des rondes sociales, la plupart seraient morts d'oubli, sur un trottoir, près d'une consigne automatique. Ils sont seuls au monde, comme le dernier homme, comme la dernière femme. Le nombre de ceux qui n'ont pas une seule visite, pas un ami, pas un parent pour leur prendre la main ! Alors je suis tout à la fois, infirmière, sœur, amoureuse, je distribue comme des bonbons des caresses, des mots, des sourires…

– Votre univers c'est le désastre, dit Karl. Pourtant vous souriez !

– Je souris parce qu'on m'a appris que c'était le premier message de bienvenue. Et pour eux, ça n'a pas de prix. Déjà, ils respirent plus profondément, les larmes s'arrêtent, ils se remettent à espérer…

– Vous faites le bien sans réfléchir, dis-je.

– L'urgence est telle qu'il n'y a pas de temps pour la réflexion. On est là pour donner : un point c'est tout.

– Je suis admiratif devant un tel dévouement.

– N'admirez rien, Karl, je suis née comme ça. À seize ans déjà je savais que je ferais ce métier. Avoir le souci des autres… Il doit y avoir un gène de l'altruisme, ajoute-t-elle en souriant.

Karl porte un toast à toutes les infirmières du monde, aux marraines de guerre, aux visiteuses de prisons :

– À la beauté anonyme de celles qui nous protègent. Vous êtes un ange, Clarisse !

Il se lève et va l'embrasser. J'en profite pour oser faire de même. Mademoiselle Clarisse sent le parfum sourdement poudré que j'ai perçu tout à l'heure en entrant. Odeur ténue qui ne provient ni d'un spray ni d'un vaporisateur : les appartements s'imprègnent de l'odeur des corps qui les habitent.

17

Nous nous apprêtions à partir, Karl la bouteille de chablis sous le bras, moi songeant à reprendre mon paillasson, lorsque Clarisse demande :

– Karl, vous ne m'avez pas dit où vous habitiez !

– À l'extrême pointe de l'Europe, au bord de l'océan Atlantique.

– C'est le même océan qui baigne mon île. Nos rêves ont dû se mêler un jour.

– Il charrie tant de fantasmes et tant de désirs que forcément certains sont amenés à se rencontrer. *Nous sommes des vagues, l'inertie est notre mort...* Il y a une chose qui m'a longtemps préoccupé, c'est le goût inné que nous éprouvons pour les grands espaces : le désert, le ciel, l'Océan justement... On aime s'y perdre, oublier qui nous sommes. Comme s'il y avait là une nostalgie pour une immensité que nous aurions un jour connue, à laquelle nous aurions eu accès, et qui aurait disparu.

Je tire Karl par la manche afin qu'il n'importune plus mademoiselle Clarisse. Mais il est là dans l'entrebâillement d'une porte et entend y rester.

– Vous n'avez pas d'enfant, Clarisse ? commence-t-il.

– Non.

– Pour l'heure, ne regrettez rien. Ça peut être aussi bien une grâce qu'une malédiction... La femme dont je vais parler s'appelait Lucia. Lorsque cette histoire est survenue, j'étais un écrivain en vogue, insouciant. J'avais accepté une série de conférences : au Canada, en Amérique du Sud, au Japon... Je voyageais, j'étais heureux. Lucia et moi étions amoureux. Une semaine après mon départ, un soir à Vancouver, je rentre à mon hôtel une fois ma conférence terminée. Le concierge me tend un billet : « Lorsque tu auras connaissance de ce message, rappelle-moi sans souci du décalage horaire. Baisers, Lucia. » Je monte dans ma chambre et appelle la France. « Je suis enceinte, me dit-elle aussitôt. – Tu es sûre ? – Certaine. » Cette annonce me rend-elle heureux ? Déconcerté, je raccroche. Je ne peux m'endormir. Toute la nuit je pense à cette nouvelle qui me bouleverse tout autant qu'elle me perturbe. Le lendemain, je quitte Vancouver, circule à nouveau, prends des avions. Étrangement, au fur et à mesure des jours qui passent, je me sens nimbé d'une présence. Je ne suis plus seul. Je le sens, *il* est là qui m'envahit. Il me parle, se confie, me rend compte de ses voyages pour venir me retrouver à San Francisco, à Mexico, à Rio... Je le rêve, je suis à lui, il s'introduit à tout moment dans mes pensées. Il arrive de n'importe quel point du monde pour me retrouver là où je suis, transi. D'effroi et de curiosité. Lui ? L'enfant enfermé dans le corps d'une femme et qu'est en train d'imaginer l'homme qui l'a conçu. Un soir dans la ville d'Hiroshima, belle, blanche, une ville du Sud, je viens me recueillir à l'endroit même où est tombée la bombe. Un mémorial où se consument des milliers de fleurs, des offrandes. Une fumée parfumée monte vers le ciel, je baisse les yeux, joins les mains, je prie pour les âmes brûlées. Mon enfant imaginaire est là. Avec moi. Je le suis, l'interpelle, je m'égare dans les ruelles avec lui, retrouve les néons des avenues, il me raconte les volcans survolés, les déserts blancs du Grand Nord, ceux brûlants d'Afrique. Chaque immensité fait partie de ses errances cosmiques… Brusquement, après tant de rendez-vous délicats, où que j'aille, je ne le rencontre plus. Le soir, le matin, désemparé je l'attends aux carrefours, sur les quais de gare, devant le petit lac du Pavillon d'Or, sous le balancement majestueux d'une forêt d'érables. Mon être d'univers a disparu. Où s'est-il perdu ? J'appelle Lucia au secours, lui raconte mes tête-à-tête avec mon indicible inconnu. Elle m'avoue qu'elle a avorté, que mon enfant de l'espace n'existe plus.

– Sans vous prévenir ? s'étonne Clarisse.

– Elle a exactement dit : « J'ai pensé que nous n'attendions pas, de la même manière, cet enfant bien réel que je portais dans mon ventre. » Elle avait raison. C'est cela que je voulais vous dire, Clarisse, à l'heure de nous quitter. Avant de naître, à la manière de la lumière, les enfants traversent en tous sens l'Univers pour venir envahir les songes des hommes qui pensent à eux. Chacun garde ces fragments d'une mélodie qui viendra plus tard réveiller en nous ces *réminiscences* des grands espaces et aviver une nostalgie, à jamais, du ciel, des déserts et des océans.

18

– Tu as fait fort avec ton *voyageur magnifique* ! dis-je lorsque nous sommes revenus à mon appartement.

Cabot, Karl jubile :

– La matrice et l'imaginaire : un réel programmé depuis la nuit des temps qui tresse ses liens avec l'infini de nos songes. Voilà de quoi nous sommes faits…

Il débouche la bouteille de chablis récupérée chez Clarisse.

– J'aime surtout opposer l'imaginaire des hommes à l'arrogance du corps des femmes, poursuit-il. Elles sont là, condescendantes, lorsqu'elles sont enceintes, comme si la chose la plus communément répandue sur terre les sacrait rien moins que déesses d'une galaxie. Bref, la nuit continue…

Nous buvons, il se lève, verre à la main :

– Seigneur ! Que j'ai pu aimer les tartes aux cerises, les havanes, les alcools blancs givrés, les harengs de la Baltique, la noire vanille, les effluences de gardénia…

Il entonne une mélopée…

Je veux dédier ce poème
À toutes les femmes qu'on aime
Pendant quelques instants secrets,

À celles qu'on connaît à peine,
Qu'un destin différent entraîne
Et qu'on ne retrouve jamais...

– J'ai souvent rêvé d'être chanteur... Ça te semble puéril ?

– Soumis aux frasques de tes caprices, je t'écoute.

– Crois-moi, il ne doit rien y avoir de plus exaltant que de faire vibrer des mots sur une mélodie... Je connais des centaines de chansons par cœur, et de toutes les époques. Ce sont elles les repères affectifs de nos vies... Pas les films, pas les romans : elles.

On rentrait s'coucher
Le ventre en carême
Dans sa chambre meublée
Rue des Cordeliers.
Là, j'pouvais dormir
En m'fichant d'l'ardoise.
Sa bouche entrouverte souriait au plaisir
La vie n'est très belle que pour les bourgeoises
Le meilleur du lot, c'est pour les souvenirs...

Karl chante d'une belle voix grave, ajoutant quelques trémolos désuets.

– Tu vois comme ça emballe le cœur, dit-il. Ça donne envie d'être aimé à la misérable. C'est du Mac Orlan... Provoquer des émotions simples avec seulement quelques mots et des mélodies qui les empoignent, j'aurais vraiment adoré !

Son visage s'illumine comme s'il venait de trouver la formule d'un élixir. Je demande :

– Tu as dit tout à l'heure qu'une certaine ivresse t'amenait à un supplément de folie pour écrire…

– L'écriture t'intrigue, n'est-ce pas… Voici à peu près comment se passent les choses : improvisations échevelées comme des chorus de John Coltrane, puis retour à un académisme maîtrisé à la Mauriac, histoire de ne pas perdre le fil. Apparaissent parfois les envies de grands décors à la Ramuz, à la Hemingway : Alpes tessinoises, cordillères espagnoles, un volcan, des avalanches… Et le bleu sombre des forêts se mêle au blanc déchiqueté des nuages. On fait alors alterner ces complaintes du vaste monde avec celles tout aussi vastes de nos cœurs…

Le chablis m'enivre moi aussi, j'ai besoin de clamer, proclamer, d'aller vers les berges du canal, de danser bras dessus bras dessous avec Karl, sous les étoiles. Sous les flocons. J'ai le sentiment de sortir d'une longue hibernation. C'est exténué que j'ai toujours regardé ce que la vie me présentait, sans jamais tendre la main pour le saisir : j'étais en exil et je ne le savais pas. Comme si j'avais vécu, jusqu'à cette nuit, séparé de mondes par une mince pellicule qui m'aurait empêché de goûter la saveur des choses, de me repaître de leurs odeurs, de forniquer avec les séductions de l'existence, au cœur tendre de cette nuit, je m'éveille doucement.

19

Parce qu'il avait cette fille dans la peau
Et pour ne pas l'oublier
Il se l'était fait tatouer
Juste à la place du cœur…

– Dieu que j'ai aimé caresser ! Les corps, la peau des livres, celle des cigares, dit Karl, qui fredonne encore quelques notes. Les cheveux des femmes, le rebond de leurs joues. Pareil à un dieu créateur, redessiner du bout d'un doigt leurs lèvres, ourler leur bouche… Et les frêles épaules que l'on frottaille comme deux roches polies, les aréoles avec leurs aspérités qui affleurent autour du mamelon, que de jouissance à seulement titiller du bout des doigts les frissons de leurs seins… J'ai aussi aimé caresser avec volupté les rames de papier, mes machines à écrire. Écrire fut une liturgie du toucher. Quelques amantes m'ont offert des stylos, car quoi offrir à un écrivain quand on ne l'aime pas encore suffisamment pour connaître ses secrets désirs ? Et j'ai écrit longtemps avec des *Eversharp Doric*.

Consignant dans ma mémoire chacune de ses paroles, je demande l'orthographe de ce nom de marque. Il épelle et continue :

– L'un des modèles s'appelait *Kashmir Green* – il avait des nacres noires et vertes cernées de moires grises. Des mois et des années je l'ai tenu entre mes doigts, la nuit surtout, plus longtemps que le corps des femmes…

Karl se verse un verre de chablis. Peut-être se fatigue-t-il à boire ainsi sans retenue, à parler, à chanter… J'aurais tant aimé découvrir avec lui les paysages dont il s'est rassasié, partir à ses côtés sur les chemins du monde, qu'il me nomme l'identité des choses, qu'il m'apprenne à célébrer les mers et le lent balancement des ifs…

De quels impénétrables vides sommes-nous faits pour sans cesse évoquer de qui ou de quoi ils auraient pu se remplir ?

– Pour terminer la nuit en beauté, dis-je, je partirai à l'aube avec toi. Là, dans le quartier chinois, juste à côté de ton hôtel, il y a une famille, les Tchen-chan, dont j'ai fait la biographie l'an dernier. Couple mixte. Lui est chinois de Xi'an, elle, japonaise de Kyoto. Ils tiennent un bouge de première qualité ouvert jusqu'au point du jour : *La Jetée*. On y joue au mah-jong, au go, on boit des bières de Benjing et de Sapporo, des alcools du monde entier… Les clients de ton hôtel y passent souvent la nuit et rêvassent au son feutré du top 50 de Shanghai ou aux sons *made in Japan* : le koto mêlé à la techno !

– J'ai envie de musique, là maintenant. Qu'est-ce que tu as à m'offrir ?

– Prokofiev, Janáček, du blues électrique… Jan Garbarek, mais ça ne te dira rien.

– Va pour Garbarek ! L'essentiel est de ne pas se forger un avis *a priori*, énonce Karl. Marcel Duchamp a exposé une roue de vélo en 1914 pour tourner en dérision les critiques comme tous les avis savants sur une œuvre. La roue de vélo n'avait aucune réputation, sinon celle de la Manufacture des cycles de Saint-Étienne. Il voulait ainsi montrer comment chacun peut décider qu'une roue de vélo, sa propre vie, une cuvette de W.-C. peuvent être décrétées œuvres d'art à partir du moment où leur « inventeur » l'a décrété. La meute des panurgiens n'a plus qu'à suivre.

– Tu n'aimes pas la foule…

– Je me méfie d'elle ! J'ai vu un jour un reportage sur l'année du débarquement allié. Avril 1944, Pétain est à l'Hôtel de Ville de Paris, une foule en liesse l'acclame. Quatre mois à peine plus tard, sur le parvis de ce même Hôtel de Ville, une foule tout aussi considérable acclame les libérateurs, De Gaulle, Leclerc, Rol-Tanguy… Je suis intimement convaincu que ce sont les mêmes qui se trouvaient là… La foule n'a raison que par son nombre.

Résonnent le sax soprano de Garbarek, des climats d'Orient, le tabla, le oud…

– Tu aimes ?

– Fais-moi plaisir, mets-nous Janáček. C'est ma famille musicale, tu comprends ?

V

LE RESTE DE LA VIE

1

Accès de fatigue ? Overdose de trop d'émotions revisitées ? Karl vacille, ses paupières ondulent, il tangue sur la chaise. Pourrait-il s'éteindre à l'instant d'un excès de paroles ?

– Qu'est-ce que tu dirais si je m'étendais sur ton sofa ? Dormir et mourir quelques instants pour que notre cérémonie de ce soir puisse se terminer avec panache…

Il s'allonge et, aussitôt ses yeux clos, je perçois une respiration du sommeil. Le son des songes. Il respire, il vit. Je m'approche, m'agenouille à ses côtés. Curiosité extrême d'être aux abords d'un homme qui a imaginé tant de mots, les a ciselés, peaufinés, a mis en scène des personnages de l'oubli, ces visages de l'éternel qui sont entrés en moi comme si je les avais toujours espérés. Ému, je m'autorise à poser une main sur son crâne.

Je me délecte de cet instant rare où je peux profiter d'un de ses silences, remplir d'effleurements et de sollicitude un homme qui m'apprend l'amour inconsidéré de la vie, une écriture de soi.

Quelle grâce d'avoir obtenu du ciel de la neige pour ces quelques jours ! Maquillage à l'échelle d'une ville pour qu'elle nous apparaisse plus mystérieuse encore. Cette ville que j'aime et que parfois je déteste pour son impudence et sa propension à tout absorber comme un ogre insatiable. Pourtant, jamais je n'envisagerais une vie à la campagne, tant je prends plaisir à cet anonymat qui me sied bien. Ne se sentir ni d'ici ni d'ailleurs, sans personne pour en demander le pourquoi. J'aime le fleuve et ses mouettes rieuses, les sternes, les arbres surgis du macadam, les strates d'une histoire qui ne réclame rien, surtout pas d'histoires. Pourtant, elles sourdent à chaque carrefour, dans les impasses, sur les paliers malfamés. Les habitants des villes sont des bradeurs de rêves, ils distribuent sans compter leurs espérances, ils vibrent aux injonctions d'une partition urbaine où se mêlent les cris étouffés, le tintement des tasses de café, le ronronnement des projecteurs de cinéma, le cliquètement des talons de femmes… Qui n'entendrait ce tintamarre de vœux inexaucés ?

2

Sa sieste nocturne terminée, Karl s'ébroue. Comme s'il voulait me délivrer le compte-rendu d'une intuition venue le visiter dans un rêve de saphir, il me dit, impromptu, qu'il faut relire les livres de sa jeunesse pour retrouver qui on était lorsqu'ils nous furent si précieux.

– *Mes années-lumière*… Tu l'aimes, ce titre ? demandé-je.

– Est-ce notre foi en la beauté qu'il va proclamer ?

Il rejette la tête en arrière comme pour en extraire un dernier carré de sommeil.

– Je ne t'ai parlé que du passé, mais le plus étrange à l'âge que j'ai, c'est d'espérer. Pas à la manière éperdue d'un adolescent – je pourrais te l'écrire en trois pages, mon avenir –, mais comme un vieil homme qui veut plus que tout encore tressaillir, encore s'émouvoir. Dans ces pages, qui doivent elles aussi faire partie des *Années-lumière*, il y aura l'irrépressible désir de me gaver des choses de l'ordinaire : effleurer le feldspath et le quartz des granites, me repaître des nuages voletant dans l'azur, respirer à foison mes dernières bouffées d'oxygène. Il n'y aura bien sûr ni ultime conquête amoureuse ni grand voyage, mais un monde que j'appellerais *le reste de la vie*. Et c'est vaste le reste d'une vie… Trois pages de mots, c'est trois millions de pensées. Il suffit d'inscrire un seul nom, Venise, et aussitôt un Rialto apparaît, le Campanile, l'*acqua alta* avec ses passerelles de bois, un chocolat brûlant au café Florian, les bleus cobalt de Turner… Un seul nom, te dis-je, et des milliers d'autres surgissent comme des phares de la mémoire.

– Ce sont là tes ultimes volontés ?

– Il y aurait deux ou trois résolutions, comme me lever avec l'aube, lire un livre par jour, m'endormir avec le soleil… J'avais quatre bonheurs, mais j'en ai supprimé un, car je n'aime que les nombres impairs.

– Quels sont ces trois bonheurs ?

– Laisse-moi à mon élan ! J'espère par-dessus tout conserver mon ouïe pour écouter jusqu'au dernier jour les rumeurs océanes, les pianos de Satie et d'Ellington, les requiems de Mozart et de Fauré. À propos de requiem, j'ai la terrible envie de te dire ceci : à quoi servirait-il d'avoir vécu s'il n'y avait la mort pour parfaire tant d'insatisfaction ?…

– Et pourquoi pas un chef-d'œuvre ?

– Ne m'égare pas. Un chef-d'œuvre c'est surnaturel, et il n'y a rien de plus naturel que la mort. Au jour de mon trépas, ne te conduis pas comme ce couard de Piotr Ivanovitch dans *La Mort d'Ivan Ilitch* qui, lorsqu'il vient voir son ami décédé, ne fait que *viser un point intermédiaire entre le cercueil, le sacristain et les icônes*, tant il a peur d'affronter sa propre fin. S'il te plaît, lorsque tu arriveras, ne détourne pas ton regard, ose caresser mon visage, attarde-toi avec le gras de tes doigts dans mes cheveux, sur mon front, n'hésite pas à prendre mon corps et à le serrer une dernière fois dans tes bras, pose ton haleine sur mes joues, soulève mes paupières pour que nos yeux une fois encore se croisent, étreins mes mains de tes mains comme un calice, enlace mes épaules, murmure des mots contre ma peau, raconte-moi une histoire du monde, une fusée qui vient d'atteindre les confins de Saturne, une éruption de lave du côté de la Sicile, que Clarisse est une bonne amante. Ou que tu l'as déjà oubliée. À mes côtés, recueille-toi pour songer avec délices à cette nuit que nous sommes en train de vivre – comme les amants qui ont toujours une nuit d'apparat à se remémorer – et tu te diras qu'elle circule quelque part dans le vaste ciel avec ses minuscules longueurs d'onde, la lumière des paroles, qu'elle nous a appartenu, et qu'elle fait désormais partie de l'Univers.

3

Cordes douces et lyriques, les derniers accords apaisés de *La Symphonie du Danube* de Janáček viennent de s'effacer à notre ouïe.

Je sens Karl noué. La musique ? L'évocation de sa mort annoncée ?

– Après ce frémissement mortifère, dit-il, il faut bien à présent que je t'avoue mes vilenies et malversations, sinon nos *Années-lumière* seraient tronquées et carrément mensongères. Sais-tu que le nombre de choses dont on est peu fier est assourdissant ?... En te racontant l'histoire de la pianiste, je t'en ai avoué une... Savoir de l'intérieur ce qui contredit outrageusement une image publique plutôt honnête est une offense à soi-même. Une turpitude qui vient sonner le glas chaque matin. J'ai beau laisser du temps à mon inconscient pour qu'il entreprenne d'effacer ce qui oppresse, c'est insoutenable de se remémorer ses bassesses : elles sont là, vivaces. Alors que j'avais l'argent nécessaire, j'ai volé quantité de choses, des livres évidemment, mais aussi des bouteilles d'eau de Cologne chez d'insolvables parfumeurs, une montre en argent massif chez un joaillier, des disques, j'ai emprunté à des bibliothèques des livres d'art que je n'ai pas rendus, j'ai révélé à une directrice des ressources humaines les pires ignominies sur une de ses employées qui m'avait quitté, à Anvers pendant la guerre j'ai laissé mourir un jeune type que j'aurais peut-être sauvé si je n'avais pris peur et détalé comme une poule mouillée… Un jour d'été que je déjeunais à la terrasse d'une brasserie, j'ai laissé, sans broncher, l'un des garçons évacuer sans ménagement un mendiant ne quémandant que quelques pièces. J'ai aussi transformé ma biographie en effaçant, ou ajoutant, ce qui m'arrangeait, comme…

– Assez ! Je ne suis pas le bureau des honneurs perdus !

– Il serait trop facile de ne donner que le beau versant des choses…

– Tu l'as dit toi-même, ce n'est en aucune manière une autobiographie que tu veux écrire, mais un roman sur la poésie d'un homme, ses ivresses… Ce qui l'a enthousiasmé, désespéré, lui a octroyé d'aimer la vie au-delà de toute promesse et a permis qu'il fût celui-là et pas un autre.

– Celui-là a aussi menti, trahi, calomnié. Il fut lâche et veule et il n'est pas aussi exemplaire que j'aurais voulu que tu l'imagines jusqu'ici.

– Je n'imagine rien. Je suis une oreille attentive, pas un juge. Et pour tout te dire, tes secrets et malversations, je m'en moque, comme tes côtés moi-je par-ci, moi-je par-là, moi-je-sais-tout, dont je n'avais pas idée jusqu'alors et qui m'ont exaspéré.

– Tu deviens cruel…

– M'as-tu interrogé sur mon existence, mes revenus, mes amours ? Tu as vu Clarisse… Que sais-tu de mes nuits, de mes attentes, de mes écritures ?

– Tu m'as lu hier soir quelques passages et je t'ai dit sans regimber mon plaisir…

– Quelques lignes sur un carnet ! Ce n'est pas une œuvre, tout au mieux un squelette.

– Il n'est pas besoin de lire longtemps pour savoir…

– J'ai une chose bien plus simple et évidente à communiquer au vieillard égocentrique que tu es : tu me plais, Karl Berline. Ça veut dire que j'ai une disposition incroyable à t'aimer. Et tu veux savoir pourquoi ? Parce que ton incurable plaisir à ingurgiter tout de la vie, tes chansons chevrotées, tes confidences m'ont ému. De plus, ce soir, tu m'as beaucoup appris sur moi, tu as bousculé ma léthargie maladive, mon inaptitude chronique à tuer l'ombre que je suis… Tu m'as donné le désir insensé d'écrire. Quoi ? Je suis à cet instant rempli de tes sons, de tes paysages, de tes parfums, et je me sens devenir jongleur de mots comme tu l'as été, capable de jouir devant une page blanche en imaginant l'extravagance qu'il y aurait à y inscrire le torrent de sensations qui m'envahit. Jamais je ne me suis senti aussi proche de qui je fus un jour, comme si je me retrouvais face à mes abandons et renouais enfin avec mes élans, ma foi, le flux de mots et de sensations que je gardais enfoui, par peur, par somnolence. *Chaque jour on s'abandonne et on s'en va de soi*, songeais-je comme un leitmotiv obsédant avant de te retrouver sur le quai. Cet oubli de moi m'était devenu insupportable et j'exulte ce matin à reprendre possession de mon bien le plus cher : mon désir ! Pour tout cela, je te remercie, Karl Berline. Alors, ne m'en dis pas plus, la dissimulation est essentielle à l'identité.

– Soit. Sache en tout cas, et je me tairai ensuite sur mes vilenies, que je n'ai pas voulu embrasser mon père lorsqu'il fut mort, tant je lui en voulais, par son suicide égoïste, de m'avoir ainsi abandonné. Pas un baiser, pas une étreinte, nul adieu. Je fus de glace… Ne pas embrasser un mort, c'est lui refuser à jamais son pardon. De cette intransigeance, je ne suis toujours pas parvenu à me soustraire…

– Puisque tu sembles y tenir, va jusqu'au bout… Tu n'oublies rien ?

– Les fautes qui nous poursuivent et continuent à nous broyer sont nombreuses…

– Julien, ton fils, mon ami. Quel père as-tu été pour lui ?

– Un père ! Où veux-tu en venir ?

– Tu fus à son égard d'une absence insolente, coupable même. Tu pensais à l'amour, aux femmes, à tes chers romans… Ton enfant n'arrivait qu'en dernier dans l'ordre de tes priorités d'alors. Avoue qu'il n'occupa ton amour que lorsqu'il fut mort.

– Tu me tues… Je l'ai aimé, ce fils.

– Moins que toi-même…

– C'est lui qui se rebellait sans cesse contre moi, comme si j'avais été l'empêcheur suprême de son bonheur… Alors que je ne souhaitais qu'une chose, qu'il devienne un seigneur.

– Il luttait pour trouver sa place auprès d'un père qui pensait que la vie ne valait rien, hors l'écriture. Alors il n'aima que la vitesse, les voitures, les excès…

– J'ai œuvré pour qu'il trouve par lui-même un bonheur à sa mesure, indépendant de mes *desiderata*. C'est pour ces raisons que je stoppai du jour au lendemain mes injonctions répétées. Je l'insupportais, aimait-il raconter à ses amis. À toi sans doute. En pleine insolence, un jour il me lança : « Tu es vieux, je suis jeune, ta mort sera ma délivrance. »

– Après l'accident, tu as exigé de moi de connaître les filles dont il fut amoureux, je te les ai présentées et tu as tenu à les serrer contre toi. Boulimique de tout ce qu'il avait approché, tu as voulu te rendre en pèlerinage sur les lieux de nos vacances, les plages, les piscines, aller dans les casinos où il aimait jouer, découvrir nos boîtes de nuit préférées, avec frénésie tu as voulu revisiter sa vie, connaître ses musiques de solitude, nos films cultes, savoir s'il avait lu tes livres, s'il se droguait… Puis tu as conservé ses vêtements comme des reliques, tu m'as demandé s'il pleurait parfois et s'il pleurait souvent, quels mots il employait pour toi, si je l'avais souvent entendu dire « mon père »…

Karl s'est tassé sur le sofa. Hagard, ses yeux me fuient.

– Je devine à cet instant qu'il est là, ton unique et vrai tourment, Karl Berline. Le secret dont tu n'aurais jamais parlé, ni à moi, ni dans aucun de tes livres, ni lors d'une ultime confession si je n'avais été le témoin de cette désolation. À personne ! Quel père, quel écrivain oserait en effet rédiger une seule phrase, une seule ligne pour avouer qu'il ne se mit à aduler son fils unique que lorsque celui-ci eut disparu ?

Blême, Karl se tait. Même assis, je le vois chanceler, son buste tressaille. Ne sachant quoi faire de ses mains, il remonte mécaniquement ses mèches. Les yeux fixés sur la moquette, tête baissée, il vacille…

J'en reste là. Qui saura jamais ce qui se trame entre les pères et les fils, quand l'un d'eux est adulé et que l'autre cherche avec avidité le plus petit des applaudissements ?…

– Tu m'anéantis ! dit-il alors d'une voix cassée. La jeunesse ne passe rien à ceux qui vécurent avant elle…

Sans doute suis-je à cet instant l'étranger qu'il n'avait pas imaginé, l'ange maléfique et cruel mais – l'a-t-il entendu ? – qui est en train de l'aimer.

J'étends mon bras sur ses épaules. Nous restons ainsi enlacés à ne pas oser nous regarder. Sa tête penchée vers l'avant semble butée, déterminée à se taire. J'ai le sentiment odieux du policier parvenu à entendre d'un prévenu l'aveu qu'il espérait. Du torrent de paroles dont Karl me gratifia est sortie la pépite sombre de son tourment, sa faute, ce qu'il aurait emporté dans la tombe sans cette confession inattendue.

– C'est peut-être cela que l'on recherche toute sa vie, dis-je, retrouver son plus grand chagrin pour devenir soi-même avant de mourir… J'ai encore besoin de tes mots, Karl, que tu m'apprennes ce que recèle de trésors, comme de misère, l'itinéraire de ce corps parti de Cracovie pour le conduire jusqu'ici par une nuit somptueuse…

– Pour toi, j'ai retardé l'instant de mourir, murmure-t-il enfin. Pour toi, j'ai voulu ajouter un alinéa subtil à des chapitres que je croyais clos pour toujours… Pour toi, j'ai voulu que s'écrivent ces dernières lignes et ne pas crever avant de te les avoir prononcées. Nous passons notre temps à repousser notre adieu à la perfection, à dire au revoir à ce qui nous a scellé sur terre, amarré au spectacle de la destruction programmée… C'est vrai, rien ne m'a plus intéressé que d'assembler des mots, d'extirper de la terreur, des paroles oubliées... Et il me reste si peu de temps que j'aimerais enrayer cette vitesse qui à l'instant m'étrangle, te dire encore ce que furent mes miracles personnels, lorsque je suis parvenu, quoi que tu en penses, à me déprendre des apparences, mon éblouissement lorsque je ne fus plus aveuglé par ma personne. Comme chaque écrivain, j'ai appris à me fondre dans un flux de mots qui ne m'appartenaient pas et dont pourtant je fus le récitant. J'ai tant aimé mettre le monde en phrases et poétiser l'ordinaire que j'ai vu se lever des vérités pareilles à une transparence profonde, infiniment douce, et n'ai cessé de m'extasier de les avoir aperçues, pour m'en délecter comme une épave heureuse.

4

Karl vient de parler en ne regardant que des points éloignés du salon, comme s'il y avait là des lignes de fuite où se perdre. Je resserre l'étreinte de mon bras et, sans lui en demander l'autorisation, je dépose sur son front le baiser de l'apaisement.

Il me dévisage comme s'il me découvrait.

– Et toi qui ne dis rien sur tes fantômes, qui me reproches de ne pas m'inquiéter de ton sort, réponds, déroule-la-moi ta vie, à ton tour de me dire qui tu es…

Défiant la violence de l'instant passé, comme un automate, je m'exécute :

– Je marche le long des quais du fleuve, je me rends pour les Journées du patrimoine dans les musées nationaux, j'attends avec impatience les soldes des grands magasins, chaque quinzaine je coupe mes ongles, que je conserve dans un coquetier avant de les offrir aux eaux du canal, je porte toujours sur moi un briquet pour donner du feu à qui m'en demande, j'assiste avec délectation aux incidents de rue, les cris, les menaces, et m'en repais comme des seuls accidents qui m'adviennent… Je fais partie de ces foules que tu abhorres. Longtemps fut ancrée en moi l'idée que je me trouvais au bord des choses, jamais en leur centre.

Comme s'il me fallait constamment faire un effort pour être au bon endroit, je me suis ingénié à courir des périphéries vers les centres-villes pour entendre sonner le tocsin. Pourtant, en cet instant, je vis pleinement, intensément. J'ai eu le sentiment, au cours de ces jours et de cette nuit auprès de toi, de me situer, pour une fois, dans l'exception. De me voir grandir à tes côtés, à l'unisson d'un monde qui jusque-là me terrorisait. J'ai enregistré chacun de tes mots comme s'il allait me falloir les exhiber aux minutes de ton procès. Je serai ton avocat, ton scribe, celui qui aura su consigner tes volontés, qui divulguera à la nation ce que son écrivain a vomi. Déblatère, cher poète, défais-toi de tes surplus, défèque, pisse tes humeurs, exsude tes démangeaisons, j'enregistre et transmettrai. Parle-moi encore jusqu'à t'effondrer comme une loque, sans plus de souffle ni de raison. Extirpe tes revendications et doléances, tes chagrins, tes accidents de parcours, dis-moi jusqu'à l'écœurement ce qui fit que ce soit précisément toi qui me parles ce soir. Le cheminement des sentiments est chaotique et je viens d'apprendre que l'on pouvait détester et aimer quelqu'un en une seule et même nuit…

– Je vais prendre mon train et me taire, toi tu vas rester ici, dans ta ville, et c'est bien ainsi.

– Une dernière chose, dis-je. Tu as semblé déçu que mes anges tutélaires, comme tu les as nommés tout à l'heure, mes livres en l'occurrence, ne te paraissent pas assez nombreux ou assez glorieux pour m'en féliciter. Sache que ceux qui sont absents de mes étagères, et qui me sont les plus chers, sont dans ma mémoire. Je n'ai plus à les lire ou les relire : je les sais. *Qu'il fasse beau, qu'il fasse laid, c'est mon habi-*

tude d'aller sur les cinq heures du soir me promener au Palais-Royal... puisque tu aimes *Le Neveu de Rameau.*

– Épate-moi encore... dit-il, pris d'une soudaine fébrilité. *L'Éducation sentimentale* ?

– *Le 15 septembre 1840, vers six heures du matin, la* Ville-de Montereau, *près de partir, fumait à gros tourbillons devant le quai Saint-Bernard...* À mon tour de te coller : *On signalait une dépression au-dessus de l'Atlantique ; elle se déplaçait d'ouest en est en direction d'un anticyclone situé au-dessus de la Russie, et ne manifestait encore aucune tendance à l'éviter par le nord...*

– Excuse-moi, mais ce fut longtemps une référence, mon livre de chevet lorsque j'étais jeune écrivain : *L'Homme sans qualités.*

– Quels sont ces trois bonheurs, Karl ?

– Marta ma mère, la petite confectionneuse de jouets, qui me combla d'amour et m'offrit ce matelas affectif qui enveloppe pour toute une vie et nous fait résister aux chagrins. Hanna, qui fut l'amante des jours sombres comme des jours fastes. Le troisième est la parution de mon premier livre. J'avais vingt-six ans, j'ai su ce jour-là que j'avais trouvé une place dans le monde.

La gravité ne se lit plus sur son front redevenu lisse, comme sur son visage qui retrouve sa sérénité. Il ajoute :

– Tu m'as meurtri, mais j'ai le goût du pardon. Continuons les minutes de ce roman qui auront permis que nous communiquions au cœur de nos raisons de vivre et, surtout, que je sois parvenu à me faire aimer de toi.

5

Accordez accordez accordez donc
L'aumône à l'accordé l'accordéon.

Il y a cinq minutes à peine, Karl se trouvait acculé dans les cordes d'un ring, sonné. Mais, pareil à un boxeur de fond, il récupère avant que ne retentisse le gong. Il fredonne un refrain ! Une innocence. En nabab, il s'est à nouveau étendu sur mon divan.

– Nous aimons la vie parce que nous nous sommes habitués à l'amour, jamais à la souffrance, dit-il dans un souffle.

Alors, je l'imagine arpenter les avenues de sa jeunesse, circuler dans les rames de métro, vadrouiller dans les villes de sa géographie personnelle, celle du migrant qu'il fut, passeur de frontières et amant de la vie, je le vois déambuler, curieux et avide, près de la halle aux draps de Cracovie, dans la rue Alberta de Riga, sur le Kurfürstendamm à Berlin, sur les routes sinueuses de Toscane entre Pise et Florence, spectateur du Palio à Sienne sur la piazza del Campo, dans de frêles bateaux-phares entre Tênos et Mykonos, dans les brise-glace de la Baltique… Quelle capitale de ce vieux continent lui fut étrangère ? Ses longs cheveux blancs rejetés en arrière, il a parfois des petits soubresauts d'Océan, il fume un cigare imaginaire, aspire l'atmosphère avec délectation : son appétit du monde.

Ce corps-roman, me dis-je, est une histoire européenne.

VI

LE PACTE

1

Le long du canal, nous marchons. Pour la dernière fois. Karl a boutonné son col de manteau au ras du cou.

– Regarde cette horde de flocons qui nous envahit, dit-il, on dirait des criquets pèlerins pour pays froids.

Comme pris d'une intuition soudaine, il s'arrête.

– J'ai envie de pisser dans ton canal… Les poissons sont tes amis ?

Il se débraguette et pousse de langoureux soupirs.

– Voilà, je me soulage, je lansquine, je pissouille, je compisse, je fais couler la bonbonne, je me verse une mousse, j'ouvre l'écluse, je détartre le robinet… Ô langue française inventive, je te dédie ma miction !

Pensif à ses côtés, je le laisse à ses facéties verbales.

De rares traînées de lumière vacillent aux façades qui longent les berges. Premiers travailleurs ? Des traîne-tard ? Qui sait ce qui se trame là ?… Je lève la tête vers le ciel puis reluque la silhouette de Karl. De dos. Il n'oscille ni ne tangue, il est le géant que je me suis pris à aimer. Que de mots viennent de sortir de ce vieux corps ! Était-ce là son projet, que je le conduise à extirper les paroles du fardeau que tout son être refusait de prononcer ?

Une émotion m'étreint, vague à l'âme furtif, quand je l'imagine dans quelques heures s'éloigner sur le quai.

– Tu sais tant de choses à présent, ne me pousse pas tout de suite dans ton canal, s'il te plaît, dit-il en gardant le regard face à lui, je n'aimerais pas mourir la vessie pleine…

– Tu crois encore que je voudrais me débarrasser de toi après une aussi belle nuit ?

– Justement, quand la neige tombe avec cette lenteur surnaturelle, il semble que les raisons de mourir soient plus subtiles que celles de vivre.

– Je n'ai aucun désir de te tuer.

– Tu pourrais. C'est un acte de grande légitimité que de trucider un salaud. Un interdit aussi, mais il y en a tant qu'on ne saura jamais lequel aurait pu nous faire jouir un jour. Ou nous suicider de dégoût. On devrait s'accorder, dans une vie, la réalisation d'un seul, mais un splendide, interdit. Sans pulsion aucune, l'exécuter pour voir ! Incester, violer, dépecer, anthropophager, disséquer…

– Tu divagues…

– Toujours, en pissant ! Il y a un relâchement des servitudes, comme si le seul fait de se répandre m'autorisait à sortir de ma camisole. D'ailleurs, pour pisser, on se déboutonne, synonyme de se confier, avouer, s'épancher. Je viens de te confesser mes inavouables penchants. L'instant de grâce est terminé. *Amen.*

Je l'invite à marcher jusqu'à la grande écluse, où nous nous trouverons proches d'une station de taxis.

– Dans notre société ultra-permissive, qu'est-ce qui, de fait, te semble interdit aujourd'hui ? demande-t-il.

– Parler en absolue liberté du fait religieux, de l'islam…

– Avec sept siècles de *gap* théologique, cette religion est aussi jusqu'au-boutiste que l'intolérance chrétienne à ses débuts. Quels mots employer pour parler de ce qui n'existe que dans le tumulte des âmes ? Et moi qui n'aime que les hommes sans dieu !

– Parle-moi de ce que tu connais, non de ce qui t'est étranger.

– Je suis vieux, usé, mes forces m'abandonnent. Que peux-tu encore attendre de moi ? Une énième version de l'homme du XXe siècle, amoureux des chemins de fer, des lignes aériennes et maritimes, de tout ce qui servit à relier les hommes, à faire circuler les mots, les idées et nos passions. Je suis un vieil humaniste déçu qui sait pertinemment que son idéal ne fait plus loi. Le monde dont je n'ai cessé de te parler cette nuit est déjà englouti. Jadis, il fallait craindre de mourir dans le déshonneur ou dans le péché. Aujourd'hui, on peut craindre de mourir d'indifférence ou d'obscénité. Je fais semblant, j'emploie des rhétoriques désuètes, je discours sur d'antiques convictions qui font sourire. Je suis un anachronique avachi, lessivé… J'ai froid !

Soudain, son corps semble s'amoindrir, il se replie. Pourrait-il rendre son dernier souffle dans mes bras et s'en aller ainsi par un matin glacé ? Je le prends par la taille et le serre contre moi. Il tremble. En marchant, je lui chuchote des douceurs, lui annonce qu'un taxi va nous emmener, qu'il va bientôt boire du saké chaud, que peut-être même il y aura des cigares, là-bas, chez les Tchen-chan. Il saisit ma main et l'enfourne vivement avec la sienne dans sa poche. Je scrute son visage. Mâchoires serrées, ses commissures sont au mauvais fixe. Secrets silencieux qui règnent rigides dans les palais sombres de nos cœurs…

Une avenue, des lampadaires élancés, la ville assoupie… Et nous qui cherchons à vivre.

2

Nous glissons dans les artères et méandres d'une cité glacée. Notre chauffeur porte une canadienne à col synthétique, un chien assis sur le siège passager lorgne distraitement le défilé sombre des immeubles.

Karl se pelotonne, cherche ma chaleur. Ce vieil homme recroquevillé qui se colle à moi comme un mollusque est-il celui qui tout à l'heure débitait orgueilleusement sa vie ? Je le sens pétri de fragilité, cette disposition humaine qui efface l'arrogance, comme toute immodestie. Déjà, il veut discourir. J'appuie fermement ma main contre la sienne pour lui transmettre que rien ne presse, que dans un instant nous serons blottis dans la chaude ambiance de *La Jetée*.

L'interminable nuit d'hiver envahit encore la ville. Aux abords des kiosques, les camionnettes de la presse livrent leurs ballots de papier, les vitrines des boulangers s'allument, des néons de brasseries vantent, en clignotant, des marques de bière, des ombres s'agitent autour d'étals de légumes, somnolents, des travailleurs traversent des portails, les autobus se gorgent de ces figurants engourdis.

Après avoir traversé le fleuve, nous passons non loin de l'hôtel de mon compagnon et pénétrons dans le quartier chinois.

L'ambiance, à l'intérieur du bar, est telle que je la souhaitais. Fumée opaque digne d'une officine pour opiomanes, musique orientale, tables de mah-jong, chaleur sèche, des attardés discutent dans de sombres recoins. Entourée de deux serveuses asiatiques, Keiko Tchen-chan se tient derrière un bar marqueté. Le mari semble absent. Je préfère. C'est à elle que j'ai eu affaire. J'ai tout de suite apprécié son humour retenu et la culture qu'elle a de sa ville d'origine, Kyoto. Salutations, présentations, elle nous installe dans un petit corner où nous attendent deux fauteuils. J'ai commandé une fiole de saké chaud. Aussitôt servi, Karl en boit un verre à toute volée.

– Voilà ce dont j'avais besoin, dit-il, un alcool bouillant qui vivifie les muqueuses… La résurrection des esprits !

Comme si j'avais craint qu'elle ne se fût éteinte pendant notre silencieux trajet, entendre à nouveau sa voix me ravit.

– Demande à ton amie japonaise s'il existe ici quelque chose qui ressemblerait à un cigare, de Cuba ou d'ailleurs, me dit-il, revigoré. Quelque chose qui se fume, quoi !

Je fais passer le message et nous parviennent deux saint-domingue plutôt souples…

– Ça aurait pu être des honduras, déclare-t-il, dédaigneux.

Nous fumons, nous buvons, le monde tourne. Karl a posé son chapeau sur la table de verre, retiré son manteau, il parade à nouveau avec sa veste sombre de cachemire et sa pochette en soie.

– J'aurais tellement de choses encore à te dire, des coups bas, des apothéoses, que du luxe et de la vie accélérée. Mais j'ai envie de m'arrêter là. La seule chose sur laquelle j'aurais encore envie de déblatérer en veux-tu en voilà : le désir. Pas le désir sexuel, celui où on se retrouve plus mâle qu'homme, non, le désir de la vastitude humaine. Ce besoin de côtoyer un destin qui n'est pas le sien. À l'heure qu'il est, je donnerais nos *Années-lumière* pour une inconnue qui me dirait simplement : « Vous êtes vieux mais j'aimerais passer du temps avec vous, vous cajoler, respirer votre nuque, étreindre vos mains piquetées de son, m'occuper de vos ongles de pieds, de vos poils dans les oreilles, lire ensemble à haute voix des auteurs chéris, vous révéler les films qui me tourmentent… » Incisive et exigeante, cette envie de l'autre demeure un carcan.

– Et Hanna ?

– Elle n'est plus une étrangère. Je sais presque tout de sa beauté, et mon amour pour elle a traversé les obstacles du désespoir. Où qu'elle soit, il y a là, où je me trouve, un monument érigé pour nous seuls et qui se dresse vers le ciel comme une antique complainte. Elle et moi, c'est le trésor que chaque homme rêve d'avoir à s'entretenir avec lui-même…

– C'est d'une compagnie que tu as besoin.

– Malheureux ! La solitude est ma dernière compagne, et elle me va bien. Non, c'est d'un corps parasite qui viendrait torpiller la tranquillité dont je te parle, et je me sens misérable d'avoir encore d'aussi obscures nécessités.

– Incorrigible vieillard !

– Excuse-moi, c'est la jeunesse qui est incorrigible… Cent fois j'ai eu l'envie de valdinguer par-dessus les falaises et les parapets… Dieu, que j'ai aimé ma jeunesse ! Une poudrière d'émotions ! J'ai eu cent fois envie de m'élever au-dessus de l'apathie ambiante et planter mon drapeau ardent sur des cimes perdues. Mon cœur pulsait en arythmie aux séismes du monde. Jamais je ne me suis senti, à ce moment de ma vie, autant humain, en harmonie entre une fureur animale et l'assurance orgueilleuse qu'il y avait d'exister.

Karl a repris vie. Nourri de son moi compulsif, il est tel que je l'aime, fougueux et ardent.

Deux joueurs de go restent focalisés sur leur partie. Un couple esquisse une danse chaloupée devant le bar, de jeunes Chinois s'esclaffent, les serveuses vont et viennent dans des jupes dodelinantes. Tout ce petit monde vit sa vie, rapproché par l'étroitesse d'un lieu, les hasards d'une nuit, chacun dans sa bulle de questions, d'attente et de supputations. Qui regarde ? Qui jouit de se sentir observé ? Sourires de circonstance, on retarde les heures pour s'oublier encore, anéantir le fardeau, la-nuit-porte-conseil, elle dit, dans un ultime murmure, que bientôt l'existence va reprendre ses droits, exiger sa dîme d'implication, que la parenthèse est terminée, qu'il faut réapprendre à supporter le froid, codes d'accès, cartes de crédit, dernier rendez-vous de travail, d'amour, une épouse qui questionne, de loin, à l'autre bout de la planète. Que dire de cette nuit-là ?

Ascenseur d'hôtel, check-out, aéroport, tout s'enfuit qui repart vers l'inconnu.

3

Notre hôtesse japonaise passe nous demander si tout va bien, si la musique est à notre convenance, si les cigares sont à notre goût… Puis elle s'en va, affairée, rendre ses visites de courtoisie.

– J'ai toujours été fasciné par les dernières phrases d'écrivains, me lance Karl. Elles sont parfois énigmatiques, mais le plus souvent à usage courant. Sais-tu ce qu'a dit Musil juste avant de mourir ?

– L'homme est sans avenir !

– Pas du tout. Le 15 avril 1942, à Genève, Musil dit à sa femme Martha : « Je vais prendre un bain avant de me mettre à table. » Atteint d'une hémorragie cérébrale dans sa baignoire, ce seront là ses derniers mots. Rilke, un an avant sa mort – les poètes sont gens méticuleux –, écrit lui-même l'épitaphe qu'il veut voir gravée sur le marbre de son tombeau : *Rose, pure contradiction, volupté, sommeil de personne sous tant de paupières.* Quant à Tchekhov, le plus tendre, le plus émouvant des dramaturges russes, il prononce étrangement à l'heure de mourir cette maigre phrase : « *Ich sterbe.* »

– Je meurs.

– Venu soigner sa tuberculose à Badenweiler en

Forêt-Noire, l'homme des *Trois Sœurs*, Irina, Olga et Macha, meurt en allemand… Mais revenons à nous. Je dois te l'avouer, tu es la plus étrange des créatures qu'il m'ait été donné de rencontrer depuis longtemps. Plus drôle que les carpes du temple Meiji, mais presque aussi muet qu'elles, tu joues à effleurer les choses et l'existence. Du parti d'Épicure tu ne sembles chercher qu'un juste lieu entre plaisir et souffrance, tu sembles tiède, mais, après tout, c'est la température des corps. Spéléologue, tu sais descendre à l'intérieur d'un cœur, le disséquer et, comme seuls les écrivains parviennent à le faire, mettre le doigt sur la *blessure*. Quant à ton carnet à élastique, peut-être deviendra-t-il un manuel de survie à l'usage de quelque génération éperdue, éperdue comme toi de mots, de livres et de beautés métisses… Bref, à part tes petits boulots de biographe public, où en es-tu de l'écriture ?

– Il n'y a pas un jour, pas une nuit où je n'aie erré dans les rues de la ville sans cette lancinante pensée collée à ma peau : écrire et décrire le monde tel que je le respire, comme je le ressens, obsédé par ses fêlures et ses fastes. Mais c'est une attraction fatale qui se joue de moi. Parfois, comme à cette heure, je me sens prêt, puis, lorsque je crois pouvoir tout saisir, tout me fuit. L'écriture est une séductrice qui…

– On ne sait jamais par quoi on est séduit. Ce dont on peut être sûr, c'est que cela nous était destiné… M'autorises-tu un conseil ?

– Rien ne t'est plus interdit.

– Les romans que tu portes dans ta mémoire ne doivent pas devenir un fardeau. Déleste-toi d'eux, non pour les oublier, mais pour qu'ils ne soient pas plus que ce qu'ils doivent être : des repères qui te disent où tu te trouves et, surtout, où tu ne dois pas aller. Les romans déjà existants sont exactement les pays où tu ne peux te rendre. L'essentiel est de trouver à ton tour une patrie de mots, ta nation d'écriture. Et il faut pour cela beaucoup d'orgueil et d'humilité. L'humilité servant à rendre hommage à ceux qui nous ont précédés, l'orgueil est l'énergie nécessaire pour transgresser toute frilosité déférente à leur égard et oser habiter, en tsar, son territoire. Pense aux frêles noisetiers de la campagne française qui, en ce moment même, ploient sous une charge de neige. Il arrive un moment où brusquement celle-ci vient à tomber, alors, dans un geste céleste, la branche libérée se redresse vers l'azur, d'un seul trait, et retrouve sa superbe. Comme elle, il faut rester au maximum de la tension jusqu'à ce que l'acte d'écrire devienne d'une telle impétueuse exigence que les mots déferleront comme un torrent.

– La métaphore est gracieuse. Mais je me sentirais plutôt ployer sous un fardeau d'hésitations…

– Et moi je suis un vieil écrivain qui se gausse de mots qu'il n'a plus la force d'écrire.

Karl se tait un long moment, le regard vague. Puis il plonge ses yeux dans les miens : il ne m'observe pas, il me fixe.

– Je vais enfin te faire connaître pourquoi je suis venu à ta rencontre et te révéler mon véritable projet, le plus inattendu, celui que je fomentais depuis mon départ de l'Océan. Tu m'as fait connaître l'ampleur de ta mémoire, j'ai appris encore que tu es à même de découvrir ce qui se dissimule sous l'opacité crasse d'une existence. Alors deviens l'arbitre et le maître de ce qui fut dit cette nuit… Amuse-toi, prémédite, mens, révèle… Tant de paroles et de vin nous a enivrés du délice d'exister comme de nous séduire, du bonheur simple de se retrouver à deux pour tenir tête à la vie, à la nuit, et réenchanter le monde. Bref: cet ultime roman, qui déjà m'a échappé, t'appartient…

– Ces mots de toi ne sont pas les miens.

– On est toujours nombreux à écrire. Phrases lues, phrases entendues qui virevoltent dans nos têtes et nous enflamment… Envole-toi avec ce roman à écrire, abreuve-toi de ces mots que nous avons envoyés aux murs de ta résidence, aux rives du canal, à l'histoire même des pierres de cette ville. Respire large, ouvre tes yeux comme ton cœur, souviens-toi des grands espaces que tu portes en toi, retrouve l'absolue innocence qui te les a fait connaître, affranchis-toi des entraves du on-dit, du on-doit, entre à l'intérieur de tes humeurs, de tes colères, digresse, invente, passe ta vie et la mienne à l'aune de ta folie.

– Tu me demandes de m'immiscer dans des peaux étrangères, de pleurer avec des larmes qui ne sont pas les miennes, de prendre les commandes du paquebot *Années-lumière* et de ne pas dériver… Que penseras-tu de moi si je faillis?

– L'art est un duel entre le réel et l'impossible. Tu as eu l'indulgence de m'écouter, de prendre de ton temps pour enregistrer chacune de mes paroles, à mon tour de te remercier. Écoute ces stances de la patience: *Être artiste, c'est croître comme l'arbre qui ne presse pas sa sève, qui résiste, confiant aux grands vents de printemps, sans craindre que l'été ne puisse venir. Puis l'été vient… Et il ne vient que pour ceux qui ont su attendre, aussi tranquilles que s'ils avaient l'éternité pour eux…* Mais je m'aperçois que tu t'inquiètes de mon jugement. C'est que ton regard est encore tourné vers le dehors. Construis ta vie à l'inverse : inquiète-toi du dedans. Dis-toi que tu es le premier homme à découvrir le vaste univers, étonne-toi de la multitude, aime les choses et les gens, hais-les si cela te convient, tricote une aventure humaine avec les mots qui se sont déclarés tout au long de cette nuit, entre toi et moi. C'est cela, n'est-ce pas, nous étions seuls au monde dans ton île d'*Esperanza* !

Devant l'ampleur d'un tel cadeau, je ne sais qu'ajouter. Comme si je voulais à l'instant même me tester, vérifier que chaque mot, chaque image s'est parfaitement incrustée dans ma mémoire, me reviennent en mille flashs désordonnés les anémones de Rimbaud, la déclaration d'amour pour Hanna, la folle de Rachmaninov, Cracovie, Riga, la chanson de Mac Orlan, Marta la petite confectionneuse de jouets, trois bonheurs et une mort annoncée : la prosodie de Karl... Et une phrase parmi tant d'autres : Regarder la mer et écrire. Écouter l'Océan et écrire. Attendre une femme et écrire.

À présent, je me trouve à la barre d'un volcan de mots, héritier d'une éruption de paroles qui me furent dispensées depuis un quai de gare jusqu'à ce bar de l'aube, où je me vois renaître.

4

À *La Jetée*, la vie est feutrée. La fumée est un paravent discret, chaque visage, une mappemonde de l'au-delà.

– Ainsi vont nos existences, dit Karl. D'incessants relais affectueux nous offrent un jour l'énergie de devenir nous-même. Cet ultime roman que je rêvais d'écrire est désormais le tien.

Le couple qui venait d'esquisser une rumba sur un Nat King Cole langoureux est sur le point de partir. Rencontre d'un soir… Sur le tard, ils avaient fini par se prendre les lèvres.

Je songe à l'étrange virée noctambule qui se termine, au présent inespéré qui vient d'en sceller le terme et qui s'installe en moi, pareil à une onde paisible. Comme s'il se trouvait désormais délesté de son dernier fardeau, Karl fume en de longues aspirations, puis rejette la fumée vers le haut, tête renversée. Innocent !

– Cette nuit, lui dis-je, tu as parlé de regrets, de détresse, d'échecs… Jamais tu n'as évoqué tes larmes.

– Il y en eut, et de nombreuses, si cela peut te rassurer. Les êtres qui meurent, qui s'éloignent… Ces fameux êtres chers ! Pourtant, un jour j'ai pleuré pour quelqu'un qui m'était étranger, mort depuis longtemps, lorsque j'appris que Nietzsche avait rédigé en quelques semaines son lumineux *Zarathoustra* à l'intérieur d'une minable chambre d'hôte, seul à Gênes, privé de ses amis, dans la plus sombre des solitudes, ses nuits d'opium tourmentées par l'insomnie, ses rêves obsédés par la beauté effrontée de la jeune Lou Andreas-Salomé qui venait de décliner son amour.

– *Notre enthousiasme pour le bien et notre pureté de cœur auraient dû nous protéger du mal...*

– Point final. Un dernier saké, je finis mon cigare et au lit ! Tu m'accompagnes jusqu'à mon hôtel, je dois te confier mon manuscrit, tu n'as pas oublié ?

– À moi de lui trouver un titre…

– Cela n'a plus aucune importance. Je veux simplement qu'il nourrisse ton entreprise. Ce livre ne parle ni d'épidémies ni de grandes catastrophes, il raconte ce que chacun ressent au plus profond, mais dont il ne parle pas. Comme si la souffrance s'était satellisée au-dessus de nos têtes, présente mais invisible, elle semblerait voler à des altitudes inatteignables. Pourtant, elle submerge notre monde. Partout des corps pleurent, le plus souvent dans le plus parfait des silences. Ici, ailleurs, sous chaque latitude, ciel noir, ciel bleu, des regards s'effondrent, terrassés par elle. Une lassitude extrême qui sourd du temps inaccompli. Ni CAC 40 ni Dow Jones, la souffrance n'est nulle part cotée et pourtant elle déferle sur notre quotidien, nue de toute statistique.

Karl joue un instant avec son chapeau, comme s'il se sentait pressé de le remettre. Soudain inspiré, il me lance un regard empreint de mélancolie.

– Si je t'ai parlé de Nietzsche, ce n'est pas pour

faire l'intéressant, mais parfois, surtout lorsqu'il s'agit d'écrivains, je ne peux m'empêcher de m'identifier à eux et de me voir à leur place : anéanti. Oscar Wilde a provoqué chez moi un identique sentiment de compassion… *And as one sees most fearful things in the crystal of a dream...* Tu veux bien traduire, s'il te plaît ?

– Et comme ces choses terrifiantes que l'on distingue dans le cristal d'un rêve…

– C'est aussi beau en français qu'en anglais… Plus loin, il écrit, évoquant un condamné à mort : *Et toute la souffrance qui le torturait, personne ne la connaissait mieux que moi, car quiconque vit plus d'une vie meurt aussi plus d'une mort.* Comme Nietzsche, c'est dans une intense détresse – et pour lui elle se nommait déshonneur – qu'il a écrit son livre le plus grave. Débarrassé de son dandysme, des lustres du paraître, c'est en prison qu'il est descendu à l'intérieur de lui-même et de sa douleur, pour écrire son dernier et plus effroyable récit : *La Ballade de la geôle de Reading*.

– Promis, je le lirai.

– Tu dis ça comme si tu allais te rendre au supermarché de la souffrance pour t'informer. Ce livre doit se lire avec religiosité pour entrer à l'intérieur d'un désastre et se rendre disponible pour le partager.

– J'ai une dernière requête à t'adresser, Karl, avant que nous quittions ce lieu. J'aimerais, je jubilerais, je serais honoré…

– Tu étais moins déférent tout à l'heure et plus arrogant. Tu m'as blessé…

– La vérité est une blessure qui nous met à l'égal de tous les hommes, pas une honte, puisqu'elle nous grandit. Je répète : il me serait fort agréable que tu écrivisses…

– *Que tu écrives* me suffira !

– … que tu écrives quelques phrases, un poème, une lettre, que sais-je, un texte de toi qui appartiendrait solennellement à notre livre.

– Mais tout ce qui fut dit cette nuit est fixé dans ton opulente mémoire !

– Laisse-moi me conduire comme une midinette : je veux ton écriture, l'encre de ton stylo, un texte autographe pour me prouver, demain, que je n'aurai pas rêvé.

Il bougonne, finit par accepter.

Je demande aussitôt du papier que je lui tends et le laisse quelques instants penché sur notre table de verre. Il hésite, tourne et caresse le stylo dans ses doigts, réfléchit, puis la plume vole, sans discontinuer, d'un trait.

Il relit, plie la feuille et me l'offre.

À l'instant où je vais le remercier, il se ravise :

– Tu vas attendre la première occasion pour lire dans mon dos comme un receleur et j'aimerais que cette page soit liée à notre pacte, que ses mots retentissent ici même, là où il fut scellé.

Il boit une gorgée de saké, se racle la gorge :

– Je m'éveillerai un matin sachant que celui-ci est le dernier. J'irai le long de la falaise dire adieu à mon merveilleux compagnon, l'Océan. Je resterai un long moment à le regarder, à l'écouter, à tenter de repérer d'ultimes phrases de sa rumeur, puis, comme il ne faudra pas perdre de temps, j'irai dire adieu à Hanna en regardant une de ses photos, prise un jour d'automne sur les bords du lac de Constance, je lui dirai merci pour sa présence et son amour, pour la tendresse qu'elle sut mettre dans ses gestes, dans ses mots, pour l'infinie patience qu'elle déploya afin de supporter mes humeurs, mes écarts, pour le talent sans faille qu'elle mit au service de notre aventure dans le monde… Je prononcerai à voix basse quelques paroles, rien que pour elle, des résolutions qui toutes voudront simplement dire : je ne t'oublierai pas. J'irai faire un salut généreux à la cohorte des petits êtres, aux abeilles, aux papillons, aux araignées qui accompagnèrent parfois mon écriture dans des demeures anciennes, aux hirondelles, mes oiseaux de jeunesse, je serai sans doute triste de ne plus respirer la giroflée et m'en irai dire au revoir aux iris. Il me faudra prononcer un adieu à ma saison préférée, l'hiver, pour la délicatesse de son givre sur les branches d'acacia, la remercier, car elle fut la saison où j'ai le plus écrit. Gavé de soleil et de vents salés, empli des parfums méditerranéens, c'est sous les frimas que je redistribuais ce que l'été m'avait octroyé. Je te dirai adieu à toi, mon dernier fils, puis j'irai caresser les quelques livres qui ont métamorphosé ma vie. Une fois terminé ce voyage dans le temps des objets et des personnes qui auront rendu plus tendre mon existence, j'irai m'asseoir dans un fauteuil profond, j'allumerai un dernier havane et, en essayant d'envoyer vers le ciel mes ronds de fumée les plus parfaits, je dirai à ma vie : au revoir et merci !

Karl me tend le papier qu'il a replié, il s'est levé.

Il octroie un baisemain à madame Tchen-chan, qui ne veut pas être payée. Elle lui offre cette onction de départ :

– Au Japon, on dit que les écrivains sont des perce-neige, ils fleurissent et viennent embellir le monde lorsque tout est glacé.

VII

ÉCRIRE

1

Tandis que blanchit l'aube, nous avançons dans des venelles gelées. Bien que nous ne parlions pas, de minuscules bulles de brume sortent de nos bouches. Les enseignes *Jardin de Jade*, *Chez Wong*, *Nuits de Chine* sont éteintes. Seul un petit supermarché aux denrées d'Orient s'active.

En quelques minutes nous sommes dans le hall de l'hôtel.

Ascenseur, bouton n° 20. Nous montons, silencieux. Karl semble avoir épuisé son temps de parole. Chambre 2001, il glisse une carte magnétique dans la fente verticale de la serrure, la porte s'ouvre.

Assise face à la baie vitrée, se trouve Hanna. Elle se retourne et paraît peu surprise de nous voir ensemble :

– Karl, j'avais envie de passer une dernière nuit auprès de vous.

– Vous avez dormi ? s'inquiète-t-il.

– J'ai regardé la ville sous la neige. Vous devez être fatigué.

– Pas le moins du monde, répond-il. Nous avons écrit toute la nuit. Enfin, nous avons parlé, c'est lui à présent qui va écrire.

– *Le Paon de Wannsee* ?

– Non. Ce sera pour une autre fois. Ou jamais.

Il sourit.

– *Mes années-lumière*, dis-je.

– Quel est le sujet ? me demande Hanna.

– L'amour d'un homme pour le monde !

– Vaste programme… Un acte d'amour cosmique, ce n'est pas rien ! (Se moque-t-elle ?) Moi aussi je suis venue parler sentiments. Je vous prends à témoin, me dit-elle. Je suis venue déclarer à Karl une fois encore que je l'aime. La dernière, sans doute, car pour nous le temps est compté. *Aimer*, cinq petites lettres pour dire un soleil de Corinthe, un lever de lune sur l'Adriatique. Aimer et partir ensemble, respirer, rire et mourir. Pour être tout à fait précise, c'est à l'écrivain que je suis venue prononcer ces paroles, l'homme capable avec la seule arme des mots de rebâtir quantité de mondes. Rassurez-vous, cette bouffée sentimentale n'est pas née de la nuit… Je la porte en moi depuis que j'ai regardé les lignes de la main de Karl un certain soir à Riga, que j'ai deviné qu'il y avait là quelqu'un qui allait avoir de l'attention pour ce qui se terre dans nos cœurs, qui allait parler de l'intérieur des êtres, des intrigues du devenir : cet homme, j'ai eu un désir flou de l'aimer ! Ça ne se discute pas, le flou. C'est vague et rempli de nuances. C'est le monde à son matin quand les marées s'étirent, que le soleil va se lever, que les oiseaux entament une prière à la lumière, c'est cela le flou d'amour, quand les bras n'ont pas encore entrepris d'étreindre un corps, que l'on en est aux regards et aux lignes d'une main de novice.

Elle se tourne vers Karl.

– Depuis cet instant je suis une femme qui attend.

C'est cela que je suis venue vous dire : mon attente de vous.

Pendant qu'Hanna parlait, je suis resté face à la ville en éveil. Monochromie éphémère du blanc, les monuments et les arbres se dressent avec l'orgueil d'une parure qui les métamorphose.

– Hanna, je pars dans l'après-midi, répond Karl. Accompagnez-moi au bord de l'Océan et vivons ensemble nos derniers jours.

– Sans doute viendrai-je vous rejoindre. Je vais retourner à mon hôtel le cœur léger.

Elle s'adresse à moi :

– Voulez-vous profiter de mon taxi ?

Je fais un signe d'acquiescement tandis que Karl me tend son manuscrit.

– Cinq heures précises, sur le quai, me dit-il.

Hanna porte son manteau gris à col d'astrakan. Nous quittons la chambre. Elle se retourne sur le pas de porte et ébauche vers Karl un geste de la main.

Dans l'ascenseur, elle dit :

– Vous avez un roman à écrire et moi un homme à aimer. Pour vous c'est une première, pour moi c'est une histoire qui continue. Mais c'est un peu la même chose, ce sera dans les deux cas un subtil mélange de mots et de sentiments, une attention particulière envers la vie.

2

– Qu'est-ce qui a fait que vous vous décidiez si tard ? demandé-je à Hanna une fois que nous sommes installés à l'arrière du taxi. Pourquoi aujourd'hui et pas il y a six mois, un an ?

– Une magie de l'instant, sans doute : cette neige qui n'a cessé de tomber, l'étrange lien que j'ai vu se tisser entre vous et Karl et qui m'a à la fois amusée et rassurée. Il faut croire qu'il y a un moment où on est prêt à agrandir sa vie, prêt à accepter ce pour quoi on est fait. Le plus difficile n'est pas d'avoir à refuser certaines choses, mais de les accepter. Se reconnaître dans ce choix comme s'il venait remplir un vide inaperçu jusqu'alors. Dans le *Peer Gynt* d'Ibsen, il y a un moment où le héros rencontre une figure singulière appelée l'Homme des Courbes. Celui-ci dit à Peer : *Fais le tour, fais le détour…* Je crois qu'il faut faire une infinité de détours, certains douloureux, d'autres voluptueux, avant de trouver qui on est. Et lorsqu'on croit l'avoir trouvé, il nous faut encore peler l'oignon de sa vie, enlever les peaux malades comme on se débarrasse d'oripeaux, à la recherche de ce fameux *soi* qui serait la clef, une délivrance.

De ne pas avoir dormi, un fugitif frisson traverse

son corps, sur le dernier mot sa voix a tremblé, elle relève son col.

– J'ai eu des amants, d'autres hommes que Karl, poursuit-elle, mais chaque fois je savais que c'était lui qui tendait tout de mon cœur et de mon esprit. Les aventures amoureuses ne servent qu'à conforter ces lancinantes certitudes… C'est après qu'elles ont eu lieu que l'on choisit de s'en tenir à l'essentiel. Les détours ! Beaucoup de gens font des arabesques et des circonvolutions, mais le plus souvent ils se perdent. Ils s'abandonnent en cours de chemin, oubliant qui ils furent. C'est poignant, la perte de soi.

3

Le canal de nouveau. Je n'ose rentrer chez moi. Trop de Karl et de nous y règne encore.

Je marche à petits pas au bord de l'eau grise. Un écart et plouf, splaoutch. Comic-strip du matin, je pense en onomatopées. Le néon de l'*Ipanema* est éteint. Sans doute Clarisse est-elle déjà en train d'accueillir les éclopés de la vie, protocole compassionnel, sourire de réception… Moi aussi, tout à l'heure, je me rendrai dans un hôpital. Tenir la main d'un ami. Ne pas le laisser à la merci des perfusions.

Un manuscrit sous le bras, je porte le dernier livre de l'homme qui, dans le même temps, vient de m'offrir un roman à écrire. Il m'a élu, moi l'amateur biographe. Ma mémoire fait défiler nos conversations, ses monologues. Un commencement, celui décidé par lui, la veille à la brasserie :

Incertain de tout, inquiet et exigeant, jamais je n'aurais laissé le soin à quiconque de vivre à ma place la vie qui m'attendait…

Tout est là. Intact. Reste à me poster devant l'écran, appuyer sur des touches dociles, main gauche, main droite, clavier azertyuiop, faire que s'illuminent les heures de l'aube et du crépuscule à l'intérieur de la peau d'un homme.

Alors que je la croyais partie, je vois Clarisse sortir de la résidence, son courrier à la main. Je quitte la berge du canal et me mets instinctivement à courir, lorsqu'elle m'aperçoit.

– Vous n'avez pas dormi, c'est ça? demande-t-elle sur un ton de reproche en s'approchant.

Jamais je ne l'ai croisée au matin avec son manteau d'hiver bombé à l'endroit des seins, sa toque et ses gants de laine. Je pense alors qu'il y a des personnes qui naissent avec la grâce. À l'instant, j'ai envie d'avaler le nuage de givre sorti de sa bouche.

– Une nuit peu ordinaire puisque je l'ai passée en partie auprès de vous.

– J'ai adoré les regards affectueux que portait sur vous votre père.

– Il part tout à l'heure, j'irai l'accompagner à son train.

– Vous allez être à nouveau seul…

Que répondre devant l'évidence? Je voudrais pouvoir la prendre dans mes bras, lui dire que j'ai un roman à écrire, que j'aimerais qu'elle m'emmène dans son île, aux Abîmes, là où elle est née, découvrir enfin ses arbres rouges, les flamboyants.

– Et si je vous invitais ce soir au restaurant, Clarisse!

– Et si je vous préparais des *penne all'arrabbiata*!

Elle rit, j'aperçois ses dents. Un cadeau. J'aimerais qu'elle connaisse tout des paroles de Karl, qu'elle visite ma mémoire de lui. J'ai envie que cette femme lise par-dessus mon épaule les mots que je vais écrire, qu'elle entre en même temps que moi dans une existence qui n'est pas la sienne, celle de Karl, mais aussi la mienne, en train d'en consigner l'histoire.

Je pense alors que le désir c'est exactement cela : vouloir emmener quelqu'un dans son paysage.

– Je dois filer, toutes sortes de blessures que vous n'imaginez pas sont en train de m'espérer. Alors, décidez ! Que désirez-vous : *penne* ou restaurant ?

– *Penne !*

Vous, Clarisse ! aurais-je dû répondre.

Je suis déçu que ma décision ait porté sur un plat de pâtes.

Elle prend la direction du métro. C'est la première fois que je la vois marcher dans la rue. Va-t-elle me faire un signe ? Je reste planté là, devant l'entrée de la résidence, anxieux du moment où elle va tourner au coin du bloc d'immeubles. M'a-t-elle déjà effacé et se trouve-t-elle, en pensée, au chevet de ceux qui l'attendent à l'hôpital ? Plus que quelques mètres, elle trottine élégamment. Enfin elle se retourne. J'imagine son sourire plus que je ne le vois. Je lève timidement la main, elle fait de même et disparaît.

J'aimerais qu'à l'avenir elle se retourne souvent.

Rentré chez moi, une vague de triolets m'accueille. Mon canari, joyeux lui aussi, s'ébroue. Tout encore à la silhouette de Clarisse qui s'éloigne, je chante en duo avec l'oiseau, lui verse de l'eau et remplis son ramequin de graines.

Prendre un bain. Être propre pour entamer un premier roman. Ni saleté ni odeur parasite, le corps naissant. Sels de gardénia. Rituels d'une écriture à venir. Comme une page vierge, cette nuit fut blanche, alors que des milliers de paroles parvenaient à la remplir. Ne pas dormir, prolonger l'espace de la dérive nocturne, se laisser enrober par les phrases dites, par une présence, laisser mon corps revisiter les gestes de Karl, son parfum, détailler les veines saillantes de ses mains, l'accent d'une voix, sa signature vocale.

Et la souffrance ? J'ouvre son manuscrit. Je feuillette au hasard, des noms de villes, des lieux, des prénoms et puis cette phrase… *Il arrive que l'on souffre du fait même de vivre et l'on se demande pourquoi : pourquoi ce corps douloureux qui devrait nous porter et qu'il nous faut porter ?*

4

Service des soins intensifs, la vieille femme a disparu, mon ami est seul dans la chambre. Il me sourit. J'ai apporté des journaux. Je lui dis ne pas avoir dormi, il jubile et croit à une expédition sexuelle. Je l'informe de Karl, d'Hanna, de Clarisse. De la neige, ce lumineux souvenir de nos enfances.

– On, on, on, m… merde, on lugeait, tu te souviens ?

Je me souviens surtout que nous allions en forêt repérer les traces d'animaux, leurs griffes sur les écorces, leurs touffes de poils restées accrochées aux branches basses des arbustes. Nous voulions connaître les secrets du monde, chercher où se terrait une vie inconnue de nous, décrypter ses moindres signes. Mon ami ressemblait alors à l'auteur des *Fleurs du mal*, regard sombre et allure dégingandée, il écrivait des poèmes, je l'admirais. Quels parcours désaccordés l'ont amené ici ? Quelle danse innocente des corps pousse certains à aller là plutôt qu'ailleurs, quelles coïncidences leur ont fait rencontrer le désastre alors que d'autres s'honorent de reconnaissance ? Étrange et compliqué itinéraire qui m'amène, aujourd'hui seulement, à entrer dans le sanctuaire de Karl.

Je reste un long moment à tenir la main offerte et fais à mon ami une lecture résumée de la presse.

– J'aimerais… merde… que tu me caresses le dos… comme l'autre jour.

Je pose les journaux, l'aide à se redresser et écarte le col de son pyjama. Je glisse ma main et pose ma paume contre sa peau. Nous restons un long moment sans mots, avec juste le lent va-et-vient de mes caresses. Les yeux clos, il s'apaise.

À l'instant de partir, j'évoque mon dernier rendez-vous avec Karl sur le quai, le premier avec Clarisse, ce soir. Il veut commencer une phrase :

– Le destin, c'est… merde… un rendez-vous avec… merde… la vie ou avec…

Agacé, il s'interrompt, me fait comprendre qu'il n'en peut plus de ces mots qu'il ne parvient qu'à penser et non à exprimer. Il saisit vivement le bloc de papier posé sur sa table de nuit et écrit d'une main leste ce qu'il n'a pu dire de vive voix. Il me tend le billet : « Le destin, c'est un rendez-vous avec la vie ou avec la mort. C'est en s'y rendant qu'il nous faut avoir décidé ce que l'on a choisi de rencontrer. »

5

– Ainsi, nous avons notre dernier rendez-vous sur un quai de gare, dit Karl à l'instant où je m'assieds près de lui.

Sa valise à roulettes est posée contre le banc. Il a noué une cravate ocrée. Ses cheveux sont peignés vers l'arrière, il porte son chapeau noir sur le ventre, pareil à un confesseur.

– Comment pouvais-tu deviner ce que renfermeraient ces trois jours et ces deux nuits ? Et que je me mettrais à t'aimer ? demandé-je.

– Je savais qu'il en serait ainsi parce que, déjà, moi je t'aimais. Rien d'important ne se fait sans des amours qui s'espèrent. J'ai écouté tes silences, et toi, mon incessant flux de paroles. Tu as eu l'indulgence de me supporter et moi je n'attendais que ton éveil. J'ai deviné qu'un jour tu avais pris peur de la vie alors que je ne vibrais que par elle. Nous étions les opposés parfaits d'un projet où je fis tout pour qu'il nous unisse. Puis tu fus cruel envers moi, tu m'as maudit. Mais je m'en suis réjoui, car écrire c'est encore cela : aimer et abhorrer sans concession. J'ai à présent deux ou trois dernières recommandations à te faire.

– Bien sûr, professeur Berline, je vous suis tout ouïe.

– Moque-toi ! Quand je pense que tu ne cesseras de m'appeler pour résoudre tes infirmités techniques… Tout d'abord, fais-moi un dernier plaisir, j'aimerais que tu écrives à la première personne, comme s'il s'agissait de ta propre vie. Chaque livre est un aveu, alors autant ne pas tergiverser sur les identités. Et au temps de l'imparfait, s'il te plaît ! Le présent est plaisant, je te l'accorde, il donne une épaisseur charnelle à toute chose, il pèse sur chaque geste du quotidien : un procès-verbal, un constat. L'imparfait, c'est le temps des choses déjà advenues, tout est scellé, tu n'as plus qu'à regarder : les événements qui surviennent sont déjà dans les mailles de l'éternité… Désormais, fais de la solitude ton alliée. Il vient d'y avoir des jours bénis entre toi et moi et je vais te quitter. Nous ne nous reverrons pas. Tu as mis une patience infinie à m'écouter, tu as eu l'amabilité de ne pas me noyer dans ton canal (il sourit), et surtout tu as cette qualité de mémoriser tout des paroles qui furent prononcées. La mémoire et la solitude, voilà où je voulais en terminer. Tu te demanderas ce qu'est ce silence autour de toi. Cette solitude du corps deviendra celle inviolable de l'écrit. Tu vas te battre avec les mots, te rebeller, me haïr encore, mais tu vas te mettre à échafauder une singularité que tu n'imagines pas à cet instant. Grâce à cette nuit volubile, tu crois tout savoir de ce roman, mais c'est lui qui va t'apprendre ce qu'il faut que tu saches. Pour vivre. Ce sera ta plus troublante découverte : écrire apprend à connaître les confins de sa propre existence. Parfois tu auras envie de te jeter en pleine nuit dans ton maudit canal, car tu te verras tellement en dessous de tes espérances que tu croiras ne plus trouver de place digne sur cette planète. Mais ne te laisse pas impressionner par de tels découragements. Ils surviennent, ils passent. Ne les affronte pas, biaise, laisse le temps reconstruire l'espace de ta foi.

Karl semble réfléchir, vérifier si le *vade-mecum* dont il me lègue l'usage est à son complet. Il regarde l'heure à sa montre, s'imbibe de l'agitation alentour, lève son regard – un appel au ciel ?

– Tu vois, ce n'étaient pas de grandes choses que j'avais à te communiquer. Un poète de mes connaissances a dit : *La puissance, c'est rester au coin d'une rue et n'attendre personne*. N'attendre que soi. La seule aventure qui vaille !

Il s'interrompt brusquement, comme si le temps qui nous était imparti était accompli.

– Ne m'accompagne pas et ne sois nostalgique de rien, le cadeau que nous venons de nous faire ne comporte que de belles espérances…

Karl se redresse, ajuste son chapeau, « je voudrais tant revenir », murmure-t-il en me fixant pour la dernière fois. Il empoigne sa valise et s'éloigne, sans se retourner, vers la tête du train.

Je reste un moment à suivre sa silhouette le long du quai. Elle finit par disparaître, effacée par les corps pressés des voyageurs.

Emprunts, détournements…
Que chaque auteur mort ou vivant soit ici remercié :

Lettres à un jeune poète de Rainer Maria Rilke.
La Souffrance de Bertrand Vergely.
Les Enfants de Saturne de Jean-Paul Enthoven.
Solitudes de Bob Kaufman.
Les Cinq Sens de Michel Serres.
Lettre à D. d'André Gorz.
Sur les bords de l'Issa de Czeslaw Milosz.
Il neige dans la nuit de Nazim Hikmet.
Écrire de Marguerite Duras.
Et encore : Friedrich Nietzsche, Louis-Ferdinand Céline et Gregory Corso.

Table

DU MÊME AUTEUR

Romans

Les Jours en couleur
Grasset, 1971
et « Le Livre de poche », n° 13996

L'Homme arc-en-ciel
Grasset, 1971

Transit-Express
Grasset, 1975

L'Amour dans l'âme
Grasset, 1978
et « Le Livre de poche », n° 5563

Océans
Grasset, 1989
et « Le Livre de poche », n° 5972, 1984

Le Voyageur magnifique
prix des Libraires 1988
Grasset, 1987
et « Le Livre de poche », n° 6634

La Dérive des sentiments
prix Médicis 1991
Grasset, 1991
et « Le Livre de poche », n° 9611

Le Prochain Amour
Grasset, 1996

La Voix perdue des hommes
Grasset, 2001
et « Le Livre de poche », n° 15460

Les Éternelles
Grasset, 2004
et « Le Livre de poche », n° 30547

Les Novices
Grasset, 2006

Poésie

Jours ordinaires
Grasset, 1997
et « Le Livre de poche », n° 4137

Sorties de nuit
Grasset, 1993
et « Le Livre de poche », n° 13687

Le Souffle du monde
Grasset, 2000
et « Librio », n° 481

Nouvelles

Un instant de bonheur
Grasset, 1997
et « Le Livre de poche », n° 14449

Essais

La Ruée vers l'infini 1
Le Livre de poche, « Biblio Essais »

La Ruée vers l'infini 2
Le Livre de poche, « Biblio Essais », n° 4373

Paris-Aquarelles
Éditions du Pacifique, 2001

Lou Andréas-Salomé
Éditions Mengès, 2004

La Manufacture des rêves
Grasset, 2003

Le Monde et caetera
Fayard, 2006

Correspondance

Épreuve d'artiste : dictionnaire intime
Calmann-Lévy, 2007

Livres pour enfant

L'Enfant sans nom
Grasset, 2001

COMPOSITION : PAO EDITIONS DU SEUIL

GROUPE CPI

Achevé d'imprimer en décembre 2007
par **BUSSIÈRE**
à Saint-Amand-Montrond (Cher)
N° d'édition : 96954. - N° d'impression : 71987.
Dépôt légal : janvier 2008.
Imprimé en France

Collection Points

derniers titres parus

P1255. L'Étoile d'Alger, *Aziz Chouaki*
P1256. Cartel en tête, *John McLaren*
P1257. Sans penser à mal, *Barbara Seranella*
P1258. Tsili, *Aharon Appelfeld*
P1259. Le Temps des prodiges, *Aharon Appelfeld*
P1260. Ruines-de-Rome, *Pierre Sengès*
P1261. La Beauté des loutres, *Hubert Mingarelli*
P1262. La Fin de tout, *Jay McInerney*
P1263. Jeanne et les siens, *Michel Winock*
P1264. Les Chats mots, *Anny Duperey*
P1265. Quand j'avais cinq ans, je m'ai tué, *Howard Buten*
P1266. Vers l'âge d'homme, *J.M. Coetzee*
P1267. L'Invention de Paris, *Eric Hazan*
P1268. Chroniques de l'oiseau à ressort, *Haruki Murakami*
P1269. En crabe, *Günter Grass*
P1270. Mon père, ce harki, *Dalila Kerchouche*
P1271. Lumière morte, *Michael Connelly*
P1272. Détonations rapprochées, *C.J. Box*
P1273. Lorsque la nature parlait aux Égyptiens
Christiane Desroches Noblecourt
P1274. Les Réquisitoires du Tribunal des Flagrants Délires 1
Pierre Desproges
P1275. Les Réquisitoires du Tribunal des Flagrants Délires 2
Pierre Desproges
P1276. Un amant naïf et sentimental, *John le Carré*
P1277. Fragiles, *Philippe Delerm et Martine Delerm*
P1278. La Chambre blanche, *Christine Jordis*
P1279. Adieu la vie, adieu l'amour, *Juan Marsé*
P1280. N'entre pas si vite dans cette nuit noire
António Lobo Antunes
P1281. L'Évangile selon saint Loubard, *Guy Gilbert*
P1282. La Femme qui attendait, *Andreï Makine*
P1283. Les Candidats, *Yun Sun Limet*
P1284. Petit traité de désinvolture, *Denis Grozdanovitch*
P1285. Personne, *Linda Lê*
P1286. Sur la photo, *Marie-Hélène Lafon*
P1287. Le Mal du pays, *Patrick Roegiers*
P1288. Politique, *Adam Thirlwell*
P1289. Érec et Énide, *Manuel Vázquez Montalbán*
P1290. La Dormeuse de Naples, *Adrien Goetz*
P1291. Le croque-mort a la vie dure, *Tim Cockey*
P1292. Pretty Boy, *Lauren Henderson*

P1293. La Vie sexuelle en France, *Janine Mossuz-Lavau*
P1294. Souvenirs obscurs d'un Juif polonais né en France
Pierre Goldman
P1295. Dans l'alcool, *Thierry Vimal*
P1296. Le Monument, *Claude Duneton*
P1297. Mon nerf, *Rachid Djaïdani*
P1298. Plutôt mourir, *Marcello Fois*
P1299. Les pingouins n'ont jamais froid, *Andreï Kourkov*
P1300. La Mitrailleuse d'argile, *Viktor Pelevine*
P1301. Un été à Baden-Baden, *Leonid Tsypkin*
P1302. Hasard des maux, *Kate Jennings*
P1303. Le Temps des erreurs, *Mohammed Choukri*
P1304. Boumkœur, *Rachid Djaïdani*
P1305. Vodka-Cola, *Irina Denejkina*
P1306. La Lionne blanche, *Henning Mankell*
P1307. Le Styliste, *Alexandra Marinina*
P1308. Pas d'erreur sur la personne, *Ed Dee*
P1309. Le Casseur, *Walter Mosley*
P1310. Le Dernier Ami, *Tahar Ben Jelloun*
P1311. La Joie d'Aurélie, *Patrick Grainville*
P1312. L'Aîné des orphelins, *Tierno Monénembo*
P1313. Le Marteau pique-cœur, *Azouz Begag*
P1314. Les Âmes perdues, *Michael Collins*
P1315. Écrits fantômes, *David Mitchell*
P1316. Le Nageur, *Zsuzsa Bánk*
P1317. Quelqu'un avec qui courir, *David Grossman*
P1318. L'Attrapeur d'ombres, *Patrick Bard*
P1319. Venin, *Saneh Sangsuk*
P1320. Le Gone du Chaâba, *Azouz Begag*
P1321. Béni ou le Paradis privé, *Azouz Begag*
P1322. Mésaventures du Paradis
Erik Orsenna et Bernard Matussière
P1323. L'Âme au poing, *Patrick Rotman*
P1324. Comedia Infantil, *Henning Mankell*
P1325. Niagara, *Jane Urquhart*
P1326. Une amitié absolue, *John le Carré*
P1327. Le Fils du vent, *Henning Mankell*
P1328. Le Témoin du mensonge, *Mylène Dressler*
P1329. Pelle le Conquérant 1, *Martin Andersen Nexø*
P1330. Pelle le Conquérant 2, *Martin Andersen Nexø*
P1331. Mortes-eaux, *Donna Leon*
P1332. Déviances mortelles, *Chris Mooney*
P1333. Les Naufragés du Batavia, *Simon Leys*
P1334. L'Amandière, *Simonetta Agnello Hornby*
P1335. C'est en hiver que les jours rallongent, *Joseph Bialot*
P1336. Cours sur la rive sauvage, *Mohammed Dib*

P1337. Hommes sans mère, *Hubert Mingarelli*
P1338. Reproduction non autorisée, *Marc Vilrouge*
P1339. S.O.S., *Joseph Connolly*
P1340. Sous la peau, *Michel Faber*
P1341. Dorian, *Will Self*
P1342. Le Cadeau, *David Flusfeder*
P1343. Le Dernier Voyage d'Horatio II, *Eduardo Mendoza*
P1344. Mon vieux, *Thierry Jonquet*
P1345. Lendemains de terreur, *Lawrence Block*
P1346. Déni de justice, *Andrew Klavan*
P1347. Brûlé, *Leonard Chang*
P1348. Montesquieu, *Jean Lacouture*
P1349. Stendhal, *Jean Lacouture*
P1350. Le Collectionneur de collections, *Henri Cueco*
P1351. Camping, *Abdelkader Djemaï*
P1352. Janice Winter, *Rose-Marie Pagnard*
P1353. La Jalousie des fleurs, *Ysabelle Lacamp*
P1354. Ma vie, son œuvre, *Jacques-Pierre Amette*
P1355. Lila, Lila, *Martin Suter*
P1356. Un amour de jeunesse, *Ann Packer*
P1357. Mirages du Sud, *Nedim Gürsel*
P1358. Marguerite et les Enragés
Jean-Claude Lattès et Éric Deschodt
P1359. Los Angeles River, *Michael Connelly*
P1360. Refus de mémoire, *Sarah Paretsky*
P1361. Petite musique de meurtre, *Laura Lippman*
P1362. Le Cœur sous le rouleau compresseur, *Howard Buten*
P1363. L'Anniversaire, *Mouloud Feraoun*
P1364. Passer l'hiver, *Olivier Adam*
P1365. L'Infamille, *Christophe Honoré*
P1366. La Douceur, *Christophe Honoré*
P1367. Des gens du monde, *Catherine Lépront*
P1368. Vent en rafales, *Taslima Nasreen*
P1369. Terres de crépuscule, *J.M. Coetzee*
P1370. Lizka et ses hommes, *Alexandre Ikonnikov*
P1371. Le Châle, *Cynthia Ozick*
P1372. L'Affaire du Dahlia noir, *Steve Hodel*
P1373. Premières armes, *Faye Kellerman*
P1374. Onze jours, *Donald Harstad*
P1375. Le croque-mort préfère la bière, *Tim Cockey*
P1376. Le Messie de Stockholm, *Cynthia Ozick*
P1377. Quand on refuse on dit non, *Ahmadou Kourouma*
P1378. Une vie française, *Jean-Paul Dubois*
P1379. Une année sous silence, *Jean-Paul Dubois*
P1380. La Dernière Leçon, *Noëlle Châtelet*
P1381. Folle, *Nelly Arcan*

P1382. La Hache et le Violon, *Alain Fleischer*
P1383. Vive la sociale !, *Gérard Mordillat*
P1384. Histoire d'une vie, *Aharon Appelfeld*
P1385. L'Immortel Bartfuss, *Aharon Appelfeld*
P1386. Beaux seins, belles fesses, *Mo Yan*
P1387. Séfarade, *Antonio Muñoz Molina*
P1388. Le Gentilhomme au pourpoint jaune
Arturo Pérez-Reverte
P1389. Ponton à la dérive, *Daniel Katz*
P1390. La Fille du directeur de cirque, *Jostein Gaarder*
P1391. Pelle le Conquérant 3, *Martin Andersen Nexø*
P1392. Pelle le Conquérant 4, *Martin Andersen Nexø*
P1393. Soul Circus, *George P. Pelecanos*
P1394. La Mort au fond du canyon, *C.J. Box*
P1395. Recherchée, *Karin Alvtegen*
P1396. Disparitions à la chaîne, *Ake Smedberg*
P1397. Bardo or not Bardo, *Antoine Volodine*
P1398. La Vingt-Septième Ville, *Jonathan Franzen*
P1399. Pluie, *Kirsty Gunn*
P1400. La Mort de Carlos Gardel, *António Lobo Antunes*
P1401. La Meilleure Façon de grandir, *Meir Shalev*
P1402. Les Plus Beaux Contes zen, *Henri Brunel*
P1403. Le Sang du monde, *Catherine Clément*
P1404. Poétique de l'égorgeur, *Philippe Ségur*
P1405 La Proie des âmes, *Matt Ruff*
P1406. La Vie invisible, *Juan Manuel de Prada*
P1407. Qu'elle repose en paix, *Jonathan Kellerman*
P1408. Le Croque-mort à tombeau ouvert, *Tim Cockey*
P1409. La Ferme des corps, *Bill Bass*
P1410. Le Passeport, *Azouz Begag*
P1411. La station Saint-Martin est fermée au public
Joseph Bialot
P1412. L'Intégration, *Azouz Begag*
P1413. La Géométrie des sentiments, *Patrick Roegiers*
P1414. L'Âme du chasseur, *Deon Meyer*
P1415. La Promenade des délices, *Mercedes Deambrosis*
P1416. Un après-midi avec Rock Hudson
Mercedes Deambrosis
P1417. Ne gênez pas le bourreau, *Alexandra Marinina*
P1418. Verre cassé, *Alain Mabanckou*
P1419. African Psycho, *Alain Mabanckou*
P1420. Le Nez sur la vitre, *Abdelkader Djemaï*
P1421. Gare du Nord, *Abdelkader Djemaï*
P1422. Le Chercheur d'Afriques, *Henri Lopes*
P1423. La Rumeur d'Aquitaine, *Jean Lacouture*
P1424. Une soirée, *Anny Duperey*

P1425. Un saut dans le vide, *Ed Dee*
P1426. En l'absence de Blanca, *Antonio Muñoz Molina*
P1427. La Plus Belle Histoire du bonheur, *collectif*
P1428. Une ardente patience, *Antonio Skármeta*
P1429. Comment c'était. Souvenirs sur Samuel Beckett
Anne Atik
P1430. Suite à l'hôtel Crystal, *Olivier Rolin*
P1431. Le Bon Serviteur, *Carmen Posadas*
P1432. Traité de savoir-vivre à l'usage des jeunes Russes
Gary Shteyngart
P1433. C'est égal, *Agota Kristof*
P1434. Le Nombril des femmes, *Dominique Quessada*
P1435. L'Enfant à la luge, *Chris Mooney*
P1436. Encres de Chine, *Qiu Xiaolong*
P1437. Enquête de mor(t)alité, *Gene Riehl*
P1438. Le Château du Roi Dragon. La Saga du Roi Dragon I
Stephen Lawhead
P1439. Les Armes des Garamont. La Malerune I
Pierre Grimbert
P1440. Le Prince déchu. Les Enfants de l'Atlantide I
Bernard Simonay
P1441. Le Voyage d'Hawkwood. Les Monarchies divines I
Paul Kearney
P1442. Un trône pour Hadon. Le Cycle d'Opar I
Philip José Farmer
P1443. Fendragon, *Barbara Hambly*
P1444. Les Brigands de la forêt de Skule, *Kerstin Ekman*
P1445. L'Abîme, *John Crowley*
P1446. Œuvre poétique, *Léopold Sédar Senghor*
P1447. Cadastre, *suivi de* Moi, laminaire…, *Aimé Césaire*
P1448. La Terre vaine et autres poèmes, *Thomas Stearns Eliot*
P1449. Le Reste du voyage et autres poèmes, *Bernard Noël*
P1450. Haïkus, *anthologie*
P1451. L'Homme qui souriait, *Henning Mankell*
P1452. Une question d'honneur, *Donna Leon*
P1453. Little Scarlet, *Walter Mosley*
P1454. Elizabeth Costello, *J.M. Coetzee*
P1455. Le maître a de plus en plus d'humour, *Mo Yan*
P1456. La Femme sur la plage avec un chien, *William Boyd*
P1457. Accusé Chirac, levez-vous !, *Denis Jeambar*
P1458. Sisyphe, roi de Corinthe. Le Châtiment des Dieux I
François Rachline
P1459. Le Voyage d'Anna, *Henri Gougaud*
P1460. Le Hussard, *Arturo Pérez-Reverte*
P1461. Les Amants de pierre, *Jane Urquhart*
P1462. Corcovado, *Jean-Paul Delfino*

P1463. Hadon, le guerrier. Le Cycle d'Opar II, *Philip José Farmer*
P1464. Maîtresse du Chaos. La Saga de Raven I
Robert Holdstock et Angus Wells
P1465. La Sève et le Givre, *Léa Silhol*
P1466. Élégies de Duino *suivi de* Sonnets à Orphée
Rainer Maria Rilke
P1467. Rilke, *Philippe Jaccottet*
P1468. C'était mieux avant, *Howard Buten*
P1469. Portrait du Gulf Stream, *Érik Orsenna*
P1470. La Vie sauve, *Lydie Violet et Marie Desplechin*
P1471. Chicken Street, *Amanda Sthers*
P1472. Polococktail Party, *Dorota Maslowska*
P1473. Football factory, *John King*
P1474. Une petite ville en Allemagne, *John le Carré*
P1475. Le Miroir aux espions, *John le Carré*
P1476. Deuil interdit, *Michael Connelly*
P1477. Le Dernier Testament, *Philip Le Roy*
P1478. Justice imminente, *Jilliane Hoffman*
P1479. Ce cher Dexter, *Jeff Lindsay*
P1480. Le Corps noir, *Dominique Manotti*
P1481. Improbable, *Adam Fawer*
P1482. Les Rois hérétiques. Les Monarchies divines II
Paul Kearney
P1483. L'Archipel du soleil. Les Enfants de l'Atlantide II
Bernard Simonay
P1484. Code Da Vinci : l'enquête
Marie-France Etchegoin et Frédéric Lenoir
P1485. L. A. confidentiel : les secrets de Lance Armstrong
Pierre Ballester et David Walsh
P1486. Maria est morte, *Jean-Paul Dubois*
P1487. Vous aurez de mes nouvelles, *Jean-Paul Dubois*
P1488. Un pas de plus, *Marie Desplechin*
P1489. D'excellente famille, *Laurence Deflassieux*
P1490. Une femme normale, *Émilie Frèche*
P1491. La Dernière Nuit, *Marie-Ange Guillaume*
P1492. Le Sommeil des poissons, *Véronique Ovaldé*
P1493. La Dernière Note, *Jonathan Kellerman*
P1494. La Cité des Jarres, *Arnaldur Indridason*
P1495. Électre à La Havane, *Leonardo Padura*
P1496. Le croque-mort est bon vivant, *Tim Cockey*
P1497. Le Cambrioleur en maraude, *Lawrence Block*
P1498. L'Araignée d'émeraude. La Saga de Raven II
Robert Holdstock et Angus Wells
P1499. Faucon de mai, *Gillian Bradshaw*
P1500. La Tante marquise, *Simonetta Agnello Hornby*
P1501. Anita, *Alicia Dujovne Ortiz*

P1502. Mexico City Blues, *Jack Kerouac*
P1503. Poésie verticale, *Roberto Juarroz*
P1506. Histoire de Rofo, clown, *Howard Buten*
P1507. Manuel à l'usage des enfants qui ont des parents difficiles
Jeanne Van den Brouk
P1508. La Jeune Fille au balcon, *Leïla Sebbar*
P1509. Zenzela, *Azouz Begag*
P1510. La Rébellion, *Joseph Roth*
P1511. Falaises, *Olivier Adam*
P1512. Webcam, *Adrien Goetz*
P1513. La Méthode Mila, *Lydie Salvayre*
P1514. Blonde abrasive, *Christophe Paviot*
P1515. Les Petits-Fils nègres de Vercingétorix, *Alain Mabanckou*
P1516. 107 ans, *Diastème*
P1517. La Vie magnétique, *Jean-Hubert Gailliot*
P1518. Solos d'amour, *John Updike*
P1519. Les Chutes, *Joyce Carol Oates*
P1520. Well, *Matthieu McIntosh*
P1521. À la recherche du voile noir, *Rick Moody*
P1522. Train, *Pete Dexter*
P1523. Avidité, *Elfriede Jelinek*
P1524. Retour dans la neige, *Robert Walser*
P1525. La Faim de Hoffman, *Leon De Winter*
P1526. Marie-Antoinette, la naissance d'une reine.
Lettres choisies, *Évelyne Lever*
P1527. Les Petits Verlaine *suivi de* Samedi, dimanche et fêtes
Jean-Marc Roberts
P1528. Les Seigneurs de guerre de Nin. La Saga du Roi Dragon II
Stephen Lawhead
P1529. Le Dire des Sylfes. La Malerune II
Michel Robert et Pierre Grimbert
P1530. Le Dieu de glace. La Saga de Raven III
Robert Holdstock et Angus Wells
P1531. Un bon cru, *Peter Mayle*
P1532. Confessions d'un boulanger, *Peter Mayle et Gérard Auzet*
P1533. Un poisson hors de l'eau, *Bernard Comment*
P1534. Histoire de la Grande Maison, *Charif Majdalani*
P1535. La Partie belle *suivi de* La Comédie légère
Jean-Marc Roberts
P1536. Le Bonheur obligatoire, *Norman Manea*
P1537. Les Larmes de ma mère, *Michel Layaz*
P1538. Tant qu'il y aura des élèves, *Hervé Hamon*
P1539. Avant le gel, *Henning Mankell*
P1540. Code 10, *Donald Harstad*
P1541. Les Nouvelles Enquêtes du juge Ti, vol. 1
Le Château du lac Tchou-An, *Frédéric Lenormand*

P1542. Les Nouvelles Enquêtes du juge Ti, vol. 2
La Nuit des juges, *Frédéric Lenormand*
P1543. Que faire des crétins ? Les perles du Grand Larousse
Pierre Enckell et Pierre Larousse
P1544. Motamorphoses. À chaque mot son histoire
Daniel Brandy
P1545. L'habit ne fait pas le moine. Petite histoire des expressions
Gilles Henry
P1546. Petit fictionnaire illustré. Les mots qui manquent au dico
Alain Finkielkraut
P1547. Le Pluriel de bric-à-brac et autres difficultés
de la langue française, *Irène Nouailhac*
P1548. Un bouquin n'est pas un livre. Les nuances des synonymes
Rémi Bertrand
P1549. Sans nouvelles de Gurb, *Eduardo Mendoza*
P1550. Le Dernier Amour du président, *Andreï Kourkov*
P1551. L'Amour, soudain, *Aharon Appelfeld*
P1552. Nos plus beaux souvenirs, *Stewart O'Nan*
P1553. Saint-Sépulcre !, *Patrick Besson*
P1554. L'Autre comme moi, *José Saramago*
P1555. Pourquoi Mitterrand ?, *Pierre Joxe*
P1556. Pas si fous ces Français !, *Jean-Benoît Nadeau et Julie Barlow*
P1557. La Colline des Anges
Jean-Claude Guillebaud et Raymond Depardon
P1558. La Solitude heureuse du voyageur
précédé de Notes, *Raymond Depardon*
P1559. Hard Revolution, *George P. Pelecanos*
P1560. La Morsure du lézard, *Kirk Mitchell*
P1561. Winterkill, *C.J. Box*
P1562. La Morsure du dragon, *Jean-François Susbielle*
P1563. Rituels sanglants, *Craig Russell*
P1564. Les Écorchés, *Peter Moore Smith*
P1565. Le Crépuscule des géants. Les Enfants de l'Atlantide III
Bernard Simonay
P1566. Aara. Aradia I, *Tanith Lee*
P1567. Les Guerres de fer. Les Monarchies divines III
Paul Kearney
P1568. La Rose pourpre et le Lys, tome 1, *Michel Faber*
P1569. La Rose pourpre et le Lys, tome 2, *Michel Faber*
P1570. Sarnia, *G.B. Edwards*
P1571. Saint-Cyr/La Maison d'Esther, *Yves Dangerfield*
P1572. Renverse du souffle, *Paul Celan*
P1573. Pour un tombeau d'Anatole, *Stéphane Mallarmé*
P1574. 95 poèmes, *E.E. Cummings*
P1575. Le Dico des mots croisés.
8000 définitions pour devenir imbattable, *Michel Laclos*

P1576. Les deux font la paire.
Les couples célèbres dans la langue française
Patrice Louis
P1577. C'est la cata. Petit manuel du français maltraité
Pierre Bénard
P1578. L'Avortement, *Richard Brautigan*
P1579. Les Braban, *Patrick Besson*
P1580. Le Sac à main, *Marie Desplechin*
P1581. Nouvelles du monde entier, *Vincent Ravalec*
P1582. Le Sens de l'arnaque, *James Swain*
P1583. L'Automne à Cuba, *Leonardo Padura*
P1584. Le Glaive et la Flamme. La Saga du Roi Dragon III
Stephen Lawhead
P1585. La Belle Arcane. La Malerune III
Michel Robert et Pierre Grimbert
P1586. Femme en costume de bataille, *Antonio Benitez-Rojo*
P1587. Le Cavalier de l'Olympe. Le Châtiment des Dieux II
François Rachline
P1588. Le Pas de l'ourse, *Douglas Glover*
P1589. Lignes de fond, *Neil Jordan*
P1590. Monsieur Butterfly, *Howard Buten*
P1591. Parfois je ris tout seul, *Jean-Paul Dubois*
P1592. Sang impur, *Hugo Hamilton*
P1593. Le Musée de la sirène, *Cypora Petitjean-Cerf*
P1594. Histoire de la gauche caviar, *Laurent Joffrin*
P1595. Les Enfants de chœur (Little Children), *Tom Perrotta*
P1596. Les Femmes politiques, *Laure Adler*
P1597. La Preuve par le sang, *Jonathan Kellerman*
P1598. La Femme en vert, *Arnaldur Indridason*
P1599. Le Che s'est suicidé, *Petros Markaris*
P1600. Les Nouvelles Enquêtes du juge Ti, vol. 3
Le Palais des courtisanes, *Frédéric Lenormand*
P1601. Trahie, *Karin Alvtegen*
P1602. Les Requins de Trieste, *Veit Heinichen*
P1603. Pour adultes seulement, *Philip Le Roy*
P1604. Offre publique d'assassinat, *Stephen W. Frey*
P1605. L'Heure du châtiment, *Eileen Dreyer*
P1606. Aden, *Anne-Marie Garat*
P1607. Histoire secrète du Mossad, *Gordon Thomas*
P1608. La Guerre du paradis. Le Chant d'Albion I
Stephen Lawhead
P1609. La Terre des Morts. Les Enfants de l'Atlantide IV
Bernard Simonay
P1610. Thenser. Aradia II, *Tanith Lee*
P1611. Le Petit Livre des gros câlins, *Kathleen Keating*
P1612. Un soir de décembre, *Delphine de Vigan*

P1613. L'Amour foudre, *Henri Gougaud*
P1614. Chaque jour est un adieu
suivi de Un jeune homme est passé
Alain Rémond
P1615. Clair-obscur, *Jean Cocteau*
P1616. Chihuahua, zébu et Cie.
L'étonnante histoire des noms d'animaux
Henriette Walter et Pierre Avenas
P1617. Les Chaussettes de l'archiduchesse et autres défis de la prononciation
Julos Beaucarne et Pierre Jaskarzec
P1618. My rendez-vous with a femme fatale.
Les mots français dans les langues étrangères
Franck Resplandy
P1619. Seulement l'amour, *Philippe Ségur*
P1620. La Jeune Fille et la Mère, *Leïla Marouane*
P1621. L'Increvable Monsieur Schneck, *Colombe Schneck*
P1622. Les Douze Abbés de Challant, *Laura Mancinelli*
P1623. Un monde vacillant, *Cynthia Ozick*
P1624. Les Jouets vivants, *Jean-Yves Cendrey*
P1625. Le Livre noir de la condition des femmes
Christine Ockrent (dir.)
P1626. Comme deux frères, *Jean-François Kahn et Axel Kahn*
P1627. Equador, *Miguel Sousa Tavares*
P1628. Du côté où se lève le soleil, *Anne-Sophie Jacouty*
P1629. L'Affaire Hamilton, *Michelle De Kretser*
P1630. Une passion indienne, *Javier Moro*
P1631. La Cité des amants perdus, *Nadeem Aslam*
P1632. Rumeurs de haine, *Taslima Nasreen*
P1633. Le Chromosome de Calcutta, *Amitav Ghosh*
P1634. Show business, *Shashi Tharoor*
P1635. La Fille de l'arnaqueur, *Ed Dee*
P1636. En plein vol, *Jan Burke*
P1637. Retour à la Grande Ombre, *Hakan Nesser*
P1638. Wren. Les Descendants de Merlin I, *Irene Radford*
P1639. Petit manuel de savoir-vivre à l'usage des enseignants
Boris Seguin, Frédéric Teillard
P1640. Les Voleurs d'écritures *suivi de* Les Tireurs d'étoiles
Azouz Begag
P1641. L'Empreinte des dieux. Le Cycle de Mithra I
Rachel Tanner
P1642. Enchantement, *Orson Scott Card*
P1643. Les Fantômes d'Ombria, *Patricia A. McKillip*
P1644. La Main d'argent. Le Chant d'Albion II
Stephen Lawhead
P1645. La Quête de Nifft-le-mince, *Michael Shea*

P1646. La Forêt d'Iscambe, *Christian Charrière*
P1647. La Mort du Nécromant, *Martha Wells*
P1648. Si la gauche savait, *Michel Rocard*
P1649. Misère de la Ve République, *Bastien François*
P1650. Photographies de personnalités politiques
Raymond Depardon
P1651. Poèmes païens de Alberto Caeiro et Ricardo Reis
Fernando Pessoa
P1652. La Rose de personne, *Paul Celan*
P1653. Caisse claire, poèmes 1990-1997, *Antoine Emaz*
P1654. La Bibliothèque du géographe, *Jon Fasman*
P1655. Parloir, *Christian Giudicelli*
P1656. Poils de Cairote, *Paul Fournel*
P1657. Palimpseste, *Gore Vidal*
P1658. L'Épouse hollandaise, *Eric McCormack*
P1659. Ménage à quatre, *Manuel Vázquez Montalbán*
P1660. Milenio, *Manuel Vázquez Montalbán*
P1661. Le Meilleur de nos fils, *Donna Leon*
P1662. Adios Hemingway, *Leonardo Padura*
P1663. L'avenir c'est du passé, *Lucas Fournier*
P1664. Le Dehors et le Dedans, *Nicolas Bouvier*
P1665. Partition rouge.
Poèmes et chants des indiens d'Amérique du Nord
Jacques Roubaud, Florence Delay
P1666. Un désir fou de danser, *Elie Wiesel*
P1667. Lenz, *Georg Büchner*
P1668. Resmiranda. Les Descendants de Merlin II
Irene Radford
P1669. Le Glaive de Mithra. Le Cycle de Mithra II
Rachel Tanner
P1670. Phénix vert. Trilogie du Latium I, *Thomas B. Swann*
P1671. Essences et parfums, *Anny Duperey*
P1672. Naissances, *Collectif*
P1673. L'Évangile une parole invincible, *Guy Gilbert*
P1674. L'Époux divin, *Francisco Goldman*
P1675. La Comtesse de Pimbêche
et autres étymologies curieuses, *Pierre Larousse*
P1676. Les Mots qui me font rire
et autres cocasseries de la langue française
Jean-Loup Chiflet
P1677. Les carottes sont jetées.
Quand les expressions perdent la boule
Olivier Marchon
P1678. Le Retour du professeur de danse, *Henning Mankell*
P1679. Romanzo Criminale, *Giancarlo de Cataldo*
P1680. Ciel de sang, *Steve Hamilton*

P1681. Ultime Témoin, *Jilliane Hoffman*
P1682. Los Angeles, *Peter Moore Smith*
P1683. Encore une journée pourrie
ou 365 bonnes raisons de rester couché
Pierre Enckell
P1684. Chroniques de la haine ordinaire 2, *Pierre Desproges*
P1685. Desproges, portrait, *Marie-Ange Guillaume*
P1686. Les Amuse-Bush, *Collectif*
P1687. Mon valet et moi, *Hervé Guibert*
P1688. T'es pas mort !, *Antonio Skármeta*
P1689. En la forêt de Longue Attente.
Le roman de Charles d'Orléans, *Hella S. Haasse*
P1690. La Défense Lincoln, *Michael Connelly*
P1691. Flic à Bangkok, *Patrick Delachaux*
P1692. L'Empreinte du renard, *Moussa Konaté*
P1693. Les fleurs meurent aussi, *Lawrence Block*
P1694. L'Ultime Sacrilège, *Jérôme Bellay*
P1695. Engrenages, *Christopher Wakling*
P1696. La Sœur de Mozart, *Rita Charbonnier*
P1697. La Science du baiser, *Patrick Besson*
P1698. La Domination du monde, *Denis Robert*
P1699. Minnie, une affaire classée, *Hans Werner Kettenbach*
P1700. Dans l'ombre du Condor, *Jean-Paul Delfino*
P1701. Le Nœud sans fin. Le Chant d'Albion III
Stephen Lawhead
P1702. Le Feu primordial, *Martha Wells*
P1703. Le Très Corruptible Mandarin, *Qiu Xiaolong*
P1704. Dexter revient !, *Jeff Lindsay*
P1705. Vous plaisantez, monsieur Tanner, *Jean-Paul Dubois*
P1706. À Garonne, *Philippe Delerm*
P1707. Pieux mensonges, *Maile Meloy*
P1708. Chercher le vent, *Guillaume Vigneault*
P1709. Les Pierres du temps et autres poèmes, *Tahar Ben Jelloun*
P1710. René Char, *Éric Marty*
P1711. Les Dépossédés, *Robert McLiam Wilson et Donovan Wylie*
P1712. Bob Dylan à la croisée des chemins. Like a Rolling Stone
Greil Marcus
P1713. Comme une chanson dans la nuit
suivi de Je marche au bras du temps, *Alain Rémond*
P1714. Où les borgnes sont rois, *Jess Walter*
P1715. Un homme dans la poche, *Aurélie Filippetti*
P1716. Prenez soin du chien, *J.M. Erre*
P1717. La Photo, *Marie Desplechin*
P1718. À ta place, *Karine Reysset*
P1719. Je pense à toi tous les jours, *Hélèna Villovitch*
P1720. Si petites devant ta face, *Anne Brochet*

P1721. Ils s'en allaient faire des enfants ailleurs
Marie-Ange Guillaume
P1722. Le Jugement de Léa, *Laurence Tardieu*
P1723. Tibet or not Tibet, *Péma Dordjé*
P1724. La Malédiction des ancêtres, *Kirk Mitchell*
P1725. Le Tableau de l'apothicaire, *Adrian Mathews*
P1726. Out, *Natsuo Kirino*
P1727. La Faille de Kaïber. Le Cycle des Ombres I
Mathieu Gaborit
P1728. Griffin. Les Descendants de Merlin III, *Irene Radford*
P1729. Le Peuple de la mer. Le Cycle du Latium II
Thomas B. Swann
P1730. Sexe, mensonges et Hollywood, *Peter Biskind*
P1731. Qu'avez-vous fait de la révolution sexuelle ?
Marcela Iacub
P1732. Persée, prince de la lumière. Le Châtiment des dieux III
François Rachline
P1733. Bleu de Sèvres, *Jean-Paul Desprat*
P1734. Julius et Isaac, *Patrick Besson*
P1735. Une petite légende dorée, *Adrien Goetz*
P1736. Le Silence de Loreleï, *Carolyn Parkhurst*
P1737. Déposition, *Leon Werth*
P1738. La Vie comme à Lausanne, *Erik Orsenna*
P1739. L'Amour, toujours !, *Abbé Pierre*
P1740. Henri ou Henry, *Didier Decoin*
P1741. Mangez-moi, *Agnès Desarthe*
P1742. Mémoires de porc-épic, *Alain Mabanckou*
P1743. Charles, *Jean-Michel Béquié*
P1744. Air conditionné, *Marc Vilrouge*
P1745. L'Homme qui apprenait lentement, *Thomas Pynchon*
P1746. Extrêmement fort et incroyablement près
Jonathan Safran Foer
P1747. La Vie rêvée de Sukhanov, *Olga Grushin*
P1748. Le Retour du Hooligan, *Norman Manea*
P1749. L'Apartheid scolaire, *G. Fellouzis & Cie*
P1750. La Montagne de l'âme, *Gao Xingjian*
P1751. Les Grands Mots du professeur Rollin
Panacée, ribouldingue et autres mots à sauver
Le Professeur Rollin
P1752. Dans les bras de Morphée
Histoire des expressions nées de la mythologie
Isabelle Korda
P1753. Parlez-vous la langue de bois ?
Petit traité de manipulation à l'usage des innocents
Martine Chosson
P1754. Je te retrouverai, *John Irving*

P1755. L'Amant en culottes courtes, *Alain Fleischer*
P1756. Billy the Kid, *Michael Ondaatje*
P1757. Le Fou de Printzberg, *Stéphane Héaume*
P1758. La Paresseuse, *Patrick Besson*
P1759. Bleu blanc vert, *Maïssa Bey*
P1760. L'Été du sureau, *Marie Chaix*
P1761. Chroniques du crime, *Michael Connelly*
P1762. Le croque-mort enfonce le clou, *Tim Cockey*
P1763. La Ligne de flottaison, *Jean Hatzfeld*
P1764. Le Mas des alouettes, Il était une fois en Arménie
Antonia Arslan
P1765. L'Œuvre des mers, *Eugène Nicole*
P1766. Les Cendres de la colère. Le Cycle des Ombres II
Mathieu Gaborit
P1767. La Dame des abeilles. Le Cycle du latium III
Thomas B. Swann
P1768. L'Ennemi intime, *Patrick Rotman*
P1769. Nos enfants nous haïront
Denis Jeambar & Jacqueline Remy
P1770. Ma guerre contre la guerre au terrorisme, *Terry Jones*
P1771. Quand Al-Quaïda parle, *Farhad Khosrokhavar*
P1772. Les Armes secrètes de la C. I. A., *Gordon Thomas*
P1773. Asphodèle, *suivi de* Tableaux d'après Bruegel
William Carlos Williams
P1774. Poésie espagnole 1945-1990 (anthologie)
Claude de Frayssinet
P1775. Mensonges sur le divan, *Irvin D. Yalom*
P1776. Le Sortilège de la dague. Le Cycle de Deverry I
Katharine Kerr
P1777. La Tour de guet *suivi des* Danseurs d'Arun.
Les Chroniques de Tornor I, *Elisabeth Lynn*
P1778. La Fille du Nord, Les Chroniques de Tornor II
Elisabeth Lynn
P1779. L'Amour humain, *Andreï Makine*
P1780. Viol, une histoire d'amour, *Joyce Carol Oates*
P1781. La Vengeance de David, *Hans Werner Kettenbach*
P1782. Le Club des conspirateurs, *Jonathan Kellerman*
P1783. Sanglants trophées, *C.J. Box*
P1784. Une ordure, *Irvine Welsh*
P1785. Owen Noone et Marauder, *Douglas Cowie*
P1786. L'Autre Vie de Brian, *Graham Parker*
P1787. Triksta, *Nick Cohn*
P1788. Une histoire politique du journalisme, *Géraldine Muhlmann*
P1789. Les Faiseurs de pluie.
L'histoire et l'impact futur du changement climatique
Tim Flannery

P1790. La Plus Belle Histoire de l'amour
Dominique Simonnet
P1791. Poèmes et proses, *Gerard Manley Hopkins*
P1792. Lieu-dit l'éternité, poèmes choisis, *Emily Dickinson*
P1793. La Couleur bleue, *Jörg Kastner*
P1794. Le Secret de l'imam bleu, *Bernard Besson*
P1795. Tant que les arbres s'enracineront
dans la terre et autres poèmes, *Alain Mabanckou*
P1796. Cité de Dieu, *E.L. Doctorow*
P1797. Le Script, *Rick Moody*
P1798. Raga, approche du continent invisible, *J.M.G. Le Clézio*
P1799. Katerina, *Aharon Appefeld*
P1800. Une opérette à Ravensbrück, *Germaine Tillion*
P1801. Une presse sans Gutenberg,
Pourquoi Internet a révolutionné le journalisme
Bruno Patino et Jean-François Fogel
P1802. Arabesques. L'aventure de la langue en Occident
Henriette Walter et Bassam Baraké
P1803. L'Art de la ponctuation. Le point, la virgule
et autres signes fort utiles
Olivier Houdart et Sylvie Prioul
P1804. À mots découverts. Chroniques au fil de l'actualité
Alain Rey
P1805. L'Amante du pharaon, *Naguib Mahfouz*
P1806. Contes de la rose pourpre, *Michel Faber*
P1807. La Lucidité, *José Saramago*
P1808. Fleurs de Chine, *Wei-Wei*
P1809. L'Homme ralenti, *J.M. Coetzee*
P1810. Rêveurs et nageurs, *Denis Grozdanovitch*
P1811. - 30°, *Donald Harstad*
P1812. Le Second Empire. Les Monarchies divines IV
Paul Kearney
P1813. Été machine, *John Crowley*
P1814. Ils sont votre épouvante, et vous êtes leur crainte
Thierry Jonquet
P1815. Paperboy, *Pete Dexter*
P1816. Bad city blues, *Tim Willocks*
P1817. Le Vautour, *Gil Scott Heron*
P1818. La Peur des bêtes, *Enrique Serna*
P1819. Accessible à certaine mélancolie, *Patrick Besson*
P1820. Le Diable de Milan, *Martin Suter*
P1821. Funny Money, *James Swain*
P1822. J'ai tué Kennedy ou les mémoires d'un garde du corps
Manuel Vázquez Montalbán
P1823. Assassinat à Prado del Rey et autres histoires sordides
Manuel Vázquez Montalbán

P1824. Laissez entrer les idiots. Témoignage d'un autiste
Kamran Nazeer
P1825. Patients si vous saviez, *Christian Lehmann*
P1826. La Société cancérigène
Geneviève Barbier et Armand Farrachi
P1827. La Mort dans le sang, *Joshua Spanogle*
P1828. Une âme de trop, *Brigitte Aubert*
P1829. Non, ce pays n'est pas pour le vieil homme
Cormack Mc Carthy
P1830. La Psy, *Jonathan Kellerman*
P1831. La Voix, *Arnaldur Indridason*
P1832. Les Nouvelles Enquêtes du juge Ti, vol. 4
Petits meurtres entre moines, *Frédéric Lenormand*
P1833. Les Nouvelles Enquêtes du juge Ti, vol. 5
Madame Ti mène l'enquête, *Frédéric Lenormand*
P1834. La Mémoire courte, *Louis-Ferdinand Despreez*
P1835. Les Morts du Karst, *Veit Heinichen*
P1836. Un doux parfum de mort, *Guillermo Arriaga*
P1837. Bienvenue en enfer, *Clarence L. Cooper*
P1838. Le Roi des fourmis, *Charles Higson*
P1839. La Dernière Arme, *Philip Le Roy*
P1840. Désaxé, *Marcus Sakey*
P1841. Opération vautour, *Stephen W. Frey*
P1842. Éloge du gaucher, *Jean-Paul Dubois*
P1843. Le Livre d'un homme seul, *Gao Xingjian*
P1844. La Glace, *Vladimir Sorokine*
P1845. Je voudrais tant revenir, *Yves Simon*
P1846. Au cœur de ce pays, *J.M. Coetzee*
P1847. La Main blessée, *Patrick Grainville*
P1848. Promenades anglaises, *Christine Jordis*
P1849. Scandales et folies.
Neuf récits du monde où nous sommes, *Gérard Mordillat*
P1850. Un mouton dans la baignoire, *Azouz Begag*
P1851. Rescapée, *Fiona Kidman*
P1852. Le Sortilège de l'ombre. Le Cycle de Deverry II
Katharine Kerr
P1853. Comment aiment les femmes. Du désir et des hommes
Maryse Vaillant
P1854. Courrier du corps. Nouvelles voies de l'anti-gymnastique
Thérèse Bertherat
P1855. Restez zen. La méthode du chat, *Henri Brunel*
P1856. Le Jardin de ciment, *Ian McEwan*
P1857. L'Obsédé (L'Amateur), *John Fowles*
P1858. Moustiques, *William Faulkner*
P1859. Givre et sang, *John Cowper Powys*
P1860. Le Bon Vieux et la Belle Enfant, *Italo Svevo*